真っ青な空、輝く太陽
そこにこそ、おれたちの青春がある！
鋼殻のレギオス IX
ブルー・マズルカ

「レイフォン……」

「うん……」

名前を呼んでから、
リーリンはしばらくレイフォンの顔をじっと見つめていた。

それはまるで、今のレイフォンを確かめているかのようだ。

あなたは、なに？

鋼殻のレギオスⅨ

# ブルー・マズルカ

1442

雨木シュウスケ

富士見ファンタジア文庫

143-14

口絵・本文イラスト　深遊

# 目次

登場人物紹介

●レイフォン・アルセイフ　15　♂
主人公。第十七小隊のルーキー。グレンダンの元天剣授受者。戦い以外優柔不断。
●リーリン・マーフェス　15　♀
レイフォンの幼なじみ。ツェルニを訪れ、レイフォンと再会を果たした。
●ニーナ・アントーク　18　♀
第十七小隊の小隊長。強くありたいと望み、自分にも他人にも厳しく接する。
●フェリ・ロス　17　♀
第十七小隊の念威繰者。生徒会長カリアンの妹。自身の才能を毛嫌いしている。
●シャーニッド・エリプトン　19　♂
第十七小隊の隊員。飄々とした軽い性格ながら自分の仕事はきっちりとこなす。
●ハーレイ・サットン　18　♂
錬金科在籍。第十七小隊の錬金鋼のメンテナンスを担当。ニーナとは幼なじみ。
●メイシェン・トリンデン　15　♀
一般教養科に在籍。レイフォンとはクラスメートで、彼に想いを寄せている。
●ナルキ・ゲルニ　15　♀
武芸科に在籍。都市警察に属する傍ら、第十七小隊に入隊した。
●アルシェイラ・アルモニス　??　♀
槍殻都市グレンダンを支配する美貌の女王。その力は天剣授受者を凌駕する。
●ダルシェナ・シェ・マテルナ　19　♀
元第十小隊副隊長。シャーニッドと確執があったが、現在は第十七小隊に所属。
●狼面衆　??　??
謎の集団。『イグナシス』という人物の意志で動いているらしいが……？
●ゴルネオ・ルッケンス　20　♂
第五小隊の小隊長。レイフォンと因縁があるが、現在は小康状態。
●サヴァリス・クォルラフィン・ルッケンス　25　♂
グレンダンの名門ルッケンス家が輩出した天剣授受者。ゴルネオの兄。

# プロローグ――奥の院――

暑い。

臭《くさ》い。

「めんどくさい」

バーメリンの呟《つぶや》きは、反響《はんきょう》する重苦しい音にかき消された。すぐ隣《となり》には排熱《はいねつ》バイパスの太い管があり、現在《げんざい》大活動中だ。彼女の決して人には誇れない身長を優《ゆう》に超《こ》える幅《はば》を持った管は内部に通された熱を発散している。おかげで、そのすぐ側《そば》にある浄水迷路《じょうすいめいろ》を走る水までもが熱を持っている。

洗浄《せんじょう》前の生活排水が流れ込むのだ。熱を与《あた》えられて排水内の菌が大活躍《だいかつやく》。においも普段《ふだん》より強烈《きょうれつ》になるというもの。

「不幸……」

ぼそりと呟き、口内に入った気体に顔をしかめる。それでもバーメリンは行く手を阻《はば》んだ湧水樹の根をかき分け、さらに奥《おく》に進む。

なんで自分はこんなことをしているのか？

そんな疑問《ぎもん》はとうの昔に蹴散《けち》らされてしまった。

女王命令。

それが全《すべ》てだ。

この都市に存在《そんざい》するあらゆる理不尽《りふじん》を超越《ちょうえつ》する超理不尽。それが女王の命令だ。勅《ちょく》だ。

その言葉の前にはグレンダンに住む全《すべ》ての者が膝《ひざ》を折って従《したが》わなければならない。善政《ぜんせい》を行い、武芸者《ぶげいしゃ》を従え、外敵《がいてき》と戦う。グレンダンの統治《とうち》者《しゃ》にして守護《しゅご》者《しゃ》の代表。圧倒《あっとう》的戦《せん》闘力《とうりょく》によって、天剣授受者《てんけんじゅじゅしゃ》さえも屈服《くっぷく》させる超常者《ちょうじょうしゃ》。

それが女王だ。

故《ゆえ》にバーメリンも従わなければならない。たとえ他《ほか》に適任者《てきにんしゃ》がいると思ったとしても従わなければならない。

そして、じゃんけんは偉大《いだい》だと思う。どんな強者にさえも負け犬のレッテルを張《は》ることができるという意味で。

(なんで、あそこでパーを出してしまったのか)

自分を恨《うら》む。

カウンティアと行った負け犬決定戦。あの、突撃馬鹿《とつげきばか》が。風圧《ふうあつ》で胸《むね》が削《けず》れてしまったあの馬鹿が、チョキ以外を出すはずなんてないというのに……。

どうして百数十回に及《およ》ぶ「あいこでしょ」の末にパーを出してしまったのか。わかってる。あの時、カウンティアは不敵に微笑《ほほえ》んだ。それに動揺《どうよう》してしまったからだ。手を変えると思ってしまったのだ。だからパーを出した。

そして、負け犬となってしまった。

「死ね、突撃馬鹿」

そして他の連中も死んでしまえ。

いつもは紳士然《しんしぜん》としているティグリスのくそ爺《じじい》、カルヴァーンのはげ。女たらしのトロイアット。無愛想《ぶあいそう》のリンテンス。豪快《ごうかい》馬鹿のルイメイ。こんな時にいないにやけサヴァリス。

天剣授受者のくそ男ども。女性尊重《じょせいそんちょう》の念が欠けた腐《くさ》れ〇〇〇ども！

くそ死ね。

呪《のろ》いの言葉を吐《は》きながら、バーメリンは進む。

その腰《こし》で、剣帯がジャラジャラと鳴る。交差するように巻《ま》かれたバーメリンの剣帯には多数の錬金鋼《ダイト》がつり下げられていた。さらに、服のあちこちにファッションとして取り付けられた鎖《くさり》も鳴っている。

その顔は化粧《けしょう》のせいもあってか病的なほどに白い。短い髪《かみ》は生まれ付いての漆黒《しっこく》。唇《くちびる》は青く塗《ぬ》られ、目もとも黒く塗られている。

陰気《いんき》さがこれ以上ないほどに振《ふ》りまかれている。

バーメリン・スワッティス・ノルネ。

彼女もまた、立派《りっぱ》な天剣授受者の一人だ。

その彼女が、地下にある暗く臭い下水道を進んでいる。

それには、理由がある。

†

太陽が近い。

頭上、やや斜《なな》めから射《さ》すように降り注ぐ陽光を、空中庭園の主は広い帽子《ぼうし》のツバを少しだけつまみ上げて睨《にら》みつけた。

「暑い」

夏季帯が訪《おとず》れた。陽光の熱はエアフィルターによってある程度《ていど》は防《ふせ》げるのだが、一度入り込んだ熱はなかなか抜《ぬ》けださない。気体とはいえエアフィルターは密閉《みっぺい》空間を作るため

にあるものだから、それはしかたがない。

「夏なんて、何年ぶり?」

空中庭園の日陰《ひかげ》でハンモックに寝転《ねころ》がったまま、アルシェイラはうんざりと呟《つぶや》いた。ここが一番、風がよく通る。むき出しになった手や足に浮《う》かぶ汗《あせ》を、吹《ふ》き抜けていく風が持ち去っていく。

「五年ぶりでしょうか」

隣《となり》に控《ひか》えたカナリスが答える。

「戦争期ですし、近くに他の都市がいるのかもしれませんね」

通常、グレンダンは春季帯と冬季帯を行き来する。一年のおよそ半分を春、残りを冬として過《す》ごす。夏はめったに訪れることはない。

それが訪れた。それはつまり、グレンダンが普段《ふだん》の移動《いどう》ルートとは違《ちが》う場所を進んでいることを示《しめ》している。

「迷惑《めいわく》ねぇ。この辺りに近づいて来たって、いいことなんてないでしょうに」

グレンダンの移動領域《りょういき》には汚染獣《おせんじゅう》が異常《いじょう》なほど多い。

故に、通常の自律型移動都市《レギオス》が近づいてくることはほとんどない。

つまり、この近辺にある セルニウム鉱山《こうざん》はグレンダンが独占《どくせん》しているといってもいいし、戦争によって他都市の鉱山を奪《うば》うことを、グレンダンは必要としていない。

その代償《だいしょう》が、汚染獣との頻繁《ひんぱん》な戦いにあるといっても過言《かごん》ではないが。

「しかし、暑いわねぇ」

アルシェイラが懲《こ》りずにそう呟く。傍《かたわ》らに置かれたジュースのコップには結露《けつろ》がびっしりと張《は》り付いていた。

「そうだ、プール作らない？　プール？」

「そんな予算がどこにあると？」

カナリスに冷たくあしらわれ、アルシェイラは頰《ほお》を膨《ふく》らませる。

「じゃあ、養殖湖《ようしょくこ》にでも泳ぎに行こうかな」

「書類の決裁《けっさい》をお済《す》ませになられたらいくらでもどうぞ」

「たまには現実《げんじつ》を忘《わす》れましょうよ」

「陛下《へいか》はいつでも忘れている気がしますが？」

「ああ、この世はなんと夢《ゆめ》のないことか」

嘆《なげ》いて、アルシェイラはハンモックの上で丸くなる。カナリスは辛抱《しんぼう》強《づよ》く、自らの主がその気になるのを待った。

「そういえばさ……」

暑さに負けて、アルシェイラは丸くなることをやめてジュースに手を伸《の》ばした。

「五年前は、どうして夏になったんだっけ？」

「思いだせるのはベヒモトとの戦いでしょうか？　それ以外ではそれほど珍《めずら》しいことは起きなかった気がしますが」

「あー、ベヒモトね、懐《なつ》かしい。よく覚えてたね」

「名付きとの戦いなんて、そう多くはありませんから」

「そう？　うーん、まぁそうかも」

アルシェイラの意識《いしき》には、天剣授受者《てんけんじゅじゅしゃ》が狩《か》り洩《も》らすほど強力な汚染獣のことすらも範疇《はんちゅう》に入っていなかった。そのことにカナリスは内心で驚《おどろ》きの声を洩らす。リンテンス、サヴァリス、そしてレイフォン。天剣授受者の中でも最強と目されるリンテンスに、二人の天剣を付けて戦わせ、ようやく勝利を収《おさ》めた相手だ。

アルシェイラの力をその目で見、さらにその体で実感したことさえもあるカナリスでさえ、彼女の力がどこまでのものなのか判断《はんだん》できない。

本当に、その力は廃貴族《はいきぞく》がもたらしたものなのか？

廃貴族。自らの都市を失ってしまった狂《くる》った電子精霊《せいれい》。

汚染獣への憎《にく》しみによって、そのエネルギーを変換《へんかん》させ武芸者《ぶげいしゃ》に取り憑《つ》く復讐者《ふくしゅうしゃ》。

そんな狂気《きょうき》はアルシェイラのどこにもない。

怠惰《たいだ》で傲慢《ごうまん》。それがアルシェイラ・アルモニスだ。それが一面の真実でしかないことも承知《しょうち》している。怠惰であっても勤勉《きんべん》さを無視《むし》するわけではない。傲慢であっても優《やさ》しさを知らないわけではない。

「それにしても、たかが名付きがいる程度《ていど》で進路なんて変えるものかしら？」

「都市の進む先を完全に予測《よそく》することは不可能《ふかのう》ですから」

「まぁ、そうなんだけどさ」

「少し、よろしいかしら？」

のんびりとした老女の声が、突如《とつじょ》として空から降《ふ》ってきた。

「デルボネ？　なに？」

声の主は、天剣授受者ただ一人の念威《ねんい》繰者《そうしゃ》であるデルボネのものだ。

「いえね、どうも奥《おく》の院に侵入《しんにゅう》を企《くわだ》てている者がいるようなのです」

デルボネの報告《ほうこく》にカナリスの表情《ひょうじょう》が険《けわ》しくなる。

だが、アルシェイラはあくまでもゆるいまま、

「へぇ」

と、答えた。

「まぁ、入られはしないとは思うのですが、どうしたものかと思いまして」

「そうねぇ。まぁ、あそこは実質稼働《じっしつかどう》していない封印《ふういん》区画だし、近寄《ちかよ》れても中には入れないとは思うけど」

「しかし、もしものこともあります」

カナリスの言葉に、アルシェイラは頷《うなず》いた。

「そうよねぇ。でも、かといって多人数を送り込みたくもないし」

「なら、天剣を送りますか？」

「それが一番かなぁ」

そんなゆるい決定の後、緊急招集《きんきゅうしょうしゅう》をかけられた天剣授受者たちによってじゃんけん大会が行われ、そしてバーメリンが出向くこととなった。

†

「死ね、くそ陛下《へいか》」

臭気《しゅうき》と張《は》り巡《めぐ》らされた湧水樹の根に罵倒《ばとう》を吐《は》きつつ、バーメリンは進む。

機関部を通る正規《せいき》ルートで進めば、こんな苦労はない。いや、別の苦労はあるのだが、いまのバーメリンにとってはそちらの方がはるかにマシだ。

だがそれは女王によって禁止《きんし》されてしまった。

「途中《とちゅう》で戦闘《せんとう》にでもなったら機関部が壊《こわ》れちゃうじゃない。裏道《うらみち》使って奥の院の入り口で迎《むか》え撃《う》って」

湧水樹は都市の浄水《じょうすい》システムとして重要な植物だ。その根をうかつに破壊《はかい》するわけにもいかず、バーメリンはストレスをためながら硬《かた》く絡《から》み合った根を力尽《ず》くでより分けていく。そんなことだから時間がかかる。正規ルートを進んだ方がよっぽどマシなのではと何度も考えた。

その正規ルートとは機関部から奥の院までの間にある通路のことだ。都市の足を動かす機構《きこう》を利用して、常《つね》に迷宮《めいきゅう》の内部が変更《へんこう》される千変万化《せんぺんばんか》の迷宮となっている。迷子《まいご》になれるだけではなく、場合によっては動く壁《かべ》によって圧殺《あっさつ》されてしまう。

あんなところをまともに進めば時間がかかってしまう。そのための裏道でもある。

苦労して、バーメリンは湧水樹の根をかき分け終わった。服にはしっかりと臭気が染《し》み付いてしまっている。これが終わったらいま着ているものは全《すべ》て捨《す》ててしまおう、風呂《ふろ》に溶《と》けるまで入ってやると心に決め、足を止めた。

そこにはただの壁があるだけだ。だが、バーメリンが壁の一部を一定のリズムで叩《たた》くと、突如としてその一部がスライドし、発光パネルが現《あらわ》れる。その上に指を走らせると、圧縮《あっしゅく》された空気が抜《ぬ》ける音とともに、壁全体がずれていった。

そこから先にはまっすぐな通路がある。バーメリンは空気の循環《じゅんかん》が行われる前に慌《あわ》てて通路に飛び込む。

背後《はいご》で、開かれた扉《とびら》が元の壁に戻《もど》ろうとしていた。

光がなくなる。

闇《やみ》の中を、バーメリンは進んだ。

地獄《じごく》のような迷宮を抜けた先に、それはあった。

「まったく、冗談《じょうだん》じゃねえ」

男はそう呟《つぶや》くと、迷宮でのことを思い出して身震《みぶる》いした。ただ複雑《ふくざつ》なだけならなんとでもやりようはあっただろうに、壁が動いて、出口への道を変えるのだ。しかもそれが、出口が常《つね》に設定《せってい》された変更では絶対《ぜったい》になさそうだったのが泣ける。そのうえ壁たちは、確実《かくじつ》に殺意を持って変化し、押《お》し潰《つぶ》そうとしてくる。

いくら武芸者《ぶげいしゃ》だからといって、質量が自分の十倍は楽勝でありそうな金属《きんぞく》板の山を相手にするのは辛《つら》い。

身震いをもう一度。それで直近の過去《かこ》を忘《わす》れ去ろうとする。

「ここ最近の忙《いそが》しさってのは、まったく割《わり》に合わないもんだと思うわ。いや、まったく」

男はなおも呟きながら、広い空間へと出た開放感を満喫《まんきつ》した。

暗い。

だが、壁の各所に青い光が灯《とも》っている。空気も悪くない。閉塞《へいそく》感はなく、ただひたすらに広い空間がそこにあると感じる。

それは草原に立つような開放感とはまた違《ちが》う。人工の空間に圧倒されるあの感じだ。

靴底《くつぞこ》に感じる床《ゆか》の感触《かんしょく》もさきほどまでと違っていた。よく磨《みが》かれた石畳《いしだたみ》が、青い光を反《はん》射《しゃ》して一面を夜の世界に変じさせている。

奥《おく》に大きな扉が一つある。枠《わく》に沿《そ》って青い光が走り、その存在《そんざい》を淡《あわ》く主張《しゅちょう》している。

男の目指す場所はそこにある。

だが、男は足を動かさない。

「……というわけで、少しはおれの苦労も察してくれるとありがたいんだけど?」

その場から動かず、男は声をかけた。青い闇に抗《あらが》うように赤い髪《かみ》が揺《ゆ》れる。

「お前がくそか」

明らかに苛立《いらだ》った声は女性《じょせい》のものだった。

「おいおい、下品すぎるぜ」

呆《あき》れた様子を装《よそお》い、男は全身に感じた冷や汗《あせ》をごまかした。

(ちっ、これは、この前の奴《やつ》みたいな遊びがないな)

侵入《しんにゅう》は察知されるだろう。それは承知《しょうち》していた。この場所は自律型移動都市を自由に飛び回ることのできる自分にとって唯一、自由にできない場所だ。狼面衆《ろうめんしゅう》にとっても自分にとっても最大の鬼門《きもん》なのだ。

尋常《じんじょう》ではない武芸者たちを従《したが》えた超常者《ちょうじょうしゃ》の支配《しはい》する都市。

そして、その都市の深奥《しんおう》にいる者もまた……

この都市への侵入は生半可《なまはんか》なものにはならない。それはわかっていた。

だが、どうやって先回りされたのか?

気配はあれど姿《すがた》はない。殺到《さっけい》ではない。硬質《こうしつ》な空間特有の音の反響《はんきょう》を利用しつつ、確実に男の視界《しかい》の外にいるのだろう。

「怖《こわ》いね、やっぱグレンダンは」

「うるさい。くそは死ね」

その瞬間《しゅんかん》、背後で錬金鋼《ダイト》が復元《ふくげん》する光が膨《ふく》らんだ。足下《あしもと》の影《かげ》が伸《の》びる。男も錬金鋼《ダイト》を展《てん》開《かい》。その手に鉄の塊《かたまり》のような武器、鉄鞭《てつべん》が現れる。全身が復元の光を押しのけて輝《かがや》いた。

背後から迫《せま》るであろう気配に、迎撃《げいげき》の一撃を…………いない⁉

「ちっ！」

その場にいる危険性《きけんせい》が瞬間的に沸騰《ふっとう》し、男は飛びのいた。男の周囲を覆《おお》う剄の膜《まく》が衝撃《しょうげき》に震える。体には至《いた》らない。

どこかから、舌打《したう》ちの音が聞こえた。

「くそのくせに、生意気」

続く連撃がさらに視界の外から襲《おそ》いかかる。細く鋭《するど》い衝剄の雨。男は鉄鞭を振《ふ》りまわしてそれをいなした。

「銃《じゅう》か！」

男は相手の武器《ぶき》をそう読んだ。

「厄介《やっかい》な！」

衝剄の雨は、一瞬止んだかと思えば次の瞬間にはありえないような方向から襲ってくる。それらを鉄鞭でいなし、跳躍《ちょうやく》でかわしながら男は唸《うな》る。

銃の利点は、剄を衝剄へと変換《へんかん》させる労力を武器に代替《だいたい》させることによって、連撃速度を上げることができる点にある。使用者はただ武器に剄を流し込み、銃爪《ひきがね》を引けばいい。

難点《なんてん》といえば、武器に流した勁がほぼ自動的に衝勁へと変化してしまうため、応用《おうよう》がきかないというところだろう。

そして、威力《いりょく》の調節もできないため、その威力を無視しえる防御系勁術《ぼうぎょけいけいじゅつ》を扱《あつか》える者や、硬《かた》いうろこを持つ汚染獣《おせんじゅう》には効果《こうか》が薄《うす》い。

だが、それらを無視しえる最大の利点は、長距離射撃《ちょうきょりしゃげき》と連射性。

そして、使用者は自らの肉体運用にのみ勁術を集中できるということだ。その点においては格闘術《かくとうじゅつ》を得意とするサヴァリスでさえ後塵《こうじん》を拝《はい》することになるだろう。

天剣授受者《てんけんじゅじゅしゃ》、バーメリン・スワッティス・ノルネ。

姿なき殺戮者《さつりくしゃ》。

「くそ死ね、くそ死ね、くそ死ね」

言葉に抑揚《よくよう》はなく、ただ勁弾《けいだん》の乱打《らんだ》が男を死へと叩《たた》き落とそうと雨あられに降《ふ》り注ぐ。

「言葉づかいが悪すぎる」

男はその場から動くことをやめ、じっと耐《た》える。全身を覆う勁が輝きを増《ま》し、それが迫りくる勁弾の雨を完全に防《ふせ》いでいた。

(おかしい)

攻撃《こうげき》を受け止めながら、男は疑問《ぎもん》を覚えていた。

相手は天剣授受者のはずだ。

男が全力をもって対峙《たいじ》しなければ対応できない速度というだけで、それはわかる。

だというのに、攻撃の威力が貧弱《ひんじゃく》だ。銃である以上、武器のために違《ちが》いないのだが、だとすれば天剣授受者が持つ武器にしては貧弱すぎるということになる。

武器が天剣ではない？

銃という武器の特性を考えればそういうことになる。

その瞬間、再《ふたた》び嫌《いや》な予感が男の脳裏《のうり》を駆《か》け巡《めぐ》った。

跳《と》ぶ。

閃光《せんこう》が、空間を淡《あわ》く照らす青い光を一瞬で押しのけ、辺りを支配《しはい》した。

「ちっ」

その結果に、バーメリンは舌打ちした。

「くそ勘《かん》のいい奴。くそ死ね」

バーメリンは手にした錬金鋼《ダイト》を振って余熱《よねつ》を払った。つい先ほどまで握《にぎ》っていた拳銃《けんじゅう》は体中に取り付けられた鎖《くさり》に引っかかっている。

いまバーメリンが抱《かか》えているのは長大な砲《ほう》だ。

白銀に輝くその砲身のなかほどにグリップがあり、抱え込《こ》んで撃《う》つ形状《けいじょう》となっている。

それこそがバーメリンの天剣。

状況《じょうきょう》に応じて鍊金鋼《ダイト》を即座《そくざ》に持ち替《か》える。それがバーメリンの戦い方。

男の姿《すがた》は、見えない。

バーメリンは奥《おく》の院入口の前に立ち、周囲を見回した。

気配もない。

「仕留《しと》めましたか？」

天井《てんじょう》付近に待機していた端子《たんし》が近づき、デルボネの声が届《とど》く。

「仕留め損《そこ》ねた感触《かんしょく》ならあるよ」

「あらあら、珍《めずら》しい」

「そっちは？」

「ええ、反応《はんのう》が消えたからお聞きしたのですけど」

「もう、ここにはいないみたいだ」

二人の意見は一致《いっち》していた。

一瞬《いっしゅん》で、この場から消えうせたのだ。バーメリンの一撃を不完全ながらも避《よ》け、デルボネの念威《ねんい》の網《あみ》をくぐり抜《ぬ》けて。

「なに？　あいつ」

「さあ？　赤毛の鉄鞭《てつべん》使いに覚えがないわけではありませんが、外見年齢《ねんれい》が私の記憶《きおく》と一致しないのですよ。まぁ、十歳《さい》ほどのものなのですけどねぇ」

「そんなの陛下《へいか》と一緒《いっしょ》で、到で年齢ごまかしてんじゃないの？」

「そうなのでしょうかねぇ」


「あんたもでしょうが！」

そんな怒鳴《どな》り声が耳を打ち、バーメリンは顔をしかめた。

奥の院。

その青い闇《やみ》に沈《しず》んだ空間は再び沈黙《ちんもく》に入る。

穏《おだ》やかな眠《ねむ》りの波動が、やがて戦闘の余韻《よいん》を消し去る。

眠りは夢《ゆめ》を誘《さそ》い、夢は闇を揺《ゆ》らす。

揺れる闇は現実《げんじつ》を映《うつ》し、そしてその現実はここにはない。

それは遠く遠く、しかしはるか彼方《かなた》でもなく……

ざっ……

「くぁっ」

背中《せなか》に弾力《だんりょく》のある衝撃《しょうげき》が襲《おそ》いかかり、男は呻《うめ》いた。細かい枝《えだ》が全身を叩《たた》き、太い枝が落下を受け止める。

「くぅ……」

青々と生命の謳歌《おうか》を謳《うた》う枝葉の隙間《すきま》から見覚えのある時計塔《とう》を発見して、男は額《ひたい》を押さえた。

「また、ここか？　なんだ？　なんでそんなにここにばかり辿《たど》り着く？」

赤毛の男、ディック……ディクセリオ・マスケインはそう呟《つぶや》くと、痛《いた》みに呻いた。

すぐそばにある養殖湖《ようしょくこ》が眩《まばゆ》い陽光を照り返して目を刺激《しげき》する。

そして陽光と同じくらいに耳に響《ひび》く、甲高《かんだか》い声の集まり。

「……夏だな」

ぼんやりと呟くと、そのままディックは気を失った。

# 01　夏

「夏————————!!」

「水着が————————好きや————————!!」

　養殖湖に響き渡《わた》った声に、ニーナが顔をしかめた。

「誰《だれ》だ？　不埒《ふらち》なことを叫《さけ》んでいるのは？」

　養殖湖の遊泳解放区《かいほう》には人が集まっている。さすがの武芸者《ぶげいしゃ》でも、これだけの大人数の中で聞き慣《な》れない声の主を判別《はんべつ》することはできない。

「いやいや、気持ちはわかるぜ」

　それでもまだ不埒者を探《さが》そうとするニーナに、すぐ側《そば》にいたシャーニッドが頷《うなず》く。

「おれたちの制服《せいふく》に押《お》し込められた情熱《じょうねつ》が、この時期この瞬間にのみ解《と》き放たれる。そんな男たちの魂《たましい》の叫びだ。歓喜《かんき》の歌声だ」

「黙《だま》れ、下心の化身」

　その頭を背後《はいご》からダルシェナがスポーツバッグで叩いた。

「もう少し真面目《まじめ》に生きろ」

「生きてるぜ。おれはいつだってまっすぐだ！」

「すまん、私が間違《まちが》えていた。お前に関《かか》わったという意味で」

「ひでぇ言われ方だ」

にやにやと笑うシャーニッドに、ダルシェナはため息で応《おう》じる。ニーナは二人のやり取りに転じたところで興味《きょうみ》を失っていた。

少し離《はな》れた場所では、日傘《ひがさ》をさしたフェリが我関《われかん》せずとあらぬ方向を見ている。

レイフォンはそんな彼らを微妙《びみょう》な笑《え》みで見守っていた。

「やー、やっぱりっていうか、あたりまえっていうか、すごい人だねぇ」

隣《となり》で、ミィフィが手をかざして湖岸を埋《う》める人の群《む》れを眺《なが》めている。

「更衣室《こういしつ》、空いてるのか？」

「いっぱいそうだね」

ナルキが呟き、メイシェンが不安そうに答えた。

そして……

「ロッカーはいっぱいだって、更衣室は使えるけど荷物は自分たちで管理しないとだめみたい」

リーリンが近くにあった張《は》り紙を読んで教えてくれた。

「あ、荷物なら僕《ぼく》らが見てるよ」

そう言って手を上げたのはハーレイ。その隣では車椅子《くるまいす》のキリクがいつも以上に不機嫌《ふきげん》な顔で太陽を睨《にら》みつけている。

「いいんですか？」

「いいって、どうせ僕ら泳がないし」

「なにしに来たんだ？　お前ら？」

「日光浴」

ためらいがちなリーリンとニーナの問いにさらりと答える。キリクが小声でなにかを呟いた。きっと不満を零《こぼ》したに違いない。

なじんでるなぁと、レイフォンはしみじみと思った。

リーリンのことだ。

彼女が来てから、三ヶ月が経過《けいか》した。

その間に色んなことがあった。戦争期であることもあり、放浪《ほうろう》バスの本数はこれから激減《げきげん》していくという理由で、リーリンはツェルニに短期留学《りゅうがく》するということになった。しかも三年生扱《あつか》いとしてだ。それと同じく、短期留学するのならとニーナと同じ寮《りょう》に住むことになった。家賃《やちん》がとても安いからだというのが、とてもリーリンらしい。

そして、一年校舎《こうしゃ》の近くの弁当屋《べんとうや》でバイトしながら、三年生の授業《じゅぎょう》を受けている。

あっというまの三ヶ月だ。

そしてその三ヶ月の間に、リーリンはツェルニの生徒として完璧《かんぺき》に順応《じゅんのう》してしまっていた。

（いいのかな？）

そんな風に思わないでもない。グレンダンのことだ。時期的な問題だから帰れないのはしかたないにしても、リーリンがそのことを引きずっている様子がない。切り替《か》えが早いのは昔からだったような気もするし、まぁ、そういうものなんだろうという気持ちもあるのだけど……

（道場、大丈夫《だいじょうぶ》なのかな？）

いま、孤児院《こじいん》ではリーリンが最年長のはずだ。近所に孤児院を出た人も住んでいるから大丈夫といえば大丈夫だし、そもそもリーリンは進学するときに孤児院を出ていたそうだから、そちらの心配はいらないのかもしれない。学校のことも休学届《とどけ》を出しているというし、ツェルニで証明書《しょうめいしょ》を発行してもらえればそちらの進学も試験を受ければ何とかなるだろうという説明はしてもらった。

でも、なんとなく。

(いいのかな？)

レイフォンはそう思ってしまう。

「なに？」

気がつけばリーリンを見ていた。

「ん、なんでもない」

レイフォンは曖昧《あいまい》な笑みで首を振《ふ》ってごまかす。

(でも……)

なんだろう？　自分でもよくわからない。

時々……ほんとうに時々なのだけど、なんだか………とても落ち着かない時がある。

「どうかしたの？」

「本当に、なんでもないよ」

首を傾《かし》げるリーリンに、レイフォンはまた首を振る。浮《う》かんだ曖昧な表情《ひょうじょう》に、彼女は少し怒《おこ》った顔をした。

「よし。んじゃぁ、さくっと着替《きが》えようぜ」

シャーニッドのその言葉で全員が動き出した。

今日は学校の授業でも、訓練の一環《いっかん》でもない。

純粋《じゅんすい》な遊びとして、レイフォンたちは養殖湖《ようしょくこ》にやってきていた。

「断固《だんこ》遊ぶべきだ」

三日前。訓練が終わった後、練武館《れんぶかん》のいつもの空間でシャーニッドは腕《うで》をふるって熱弁《ねっべん》した。

遊びという単語にニーナが苦い顔をしている。訓練が好きなニーナにとって休暇《きゅうか》は認《みと》められても遊びは認められないのかもしれない。

隅《すみ》で読書をしていたフェリの反応《はんのう》は冷めきっていた。また馬鹿《ばか》なことを言い出したという顔だ。ダルシェナも似《に》たような態度《たいど》だった。ナルキは完全に聞いていなかった。彼女なりにこの先輩《せんぱい》の対処《たいしょ》方法を学んだのかもしれない。

レイフォンはどうしたものかと思っていた。

「そうだそうだ」

同調していたのは、錬金鋼《ダイト》の整備《せいび》にやってきていたハーレイだけだった。

「夏だぞ！　養殖湖が解放《かいほう》されたんだ」

「プールならいつでも泳げるだろう？」

「馬鹿野郎《やろう》！」

ニーナの言葉に、シャーニッドは本気の顔で怒鳴《どな》った。

「おれたちの青春を、あんな密閉《みっぺい》された空間に押し込《こ》むな！」

「なっ！」

「真っ青な空、輝《かがや》く太陽、熱い砂浜《すなはま》！　そこにこそ、限《かぎ》られた時間に輝くことができるおれたちの青春がある」

「おおっ！」

やはり、同調するのはハーレイ一人だけ。

他のみんなは当たり前に冷めた顔をしていた。

「……正直、リフレッシュの必要もあると思うんだけどよ、そこら辺を一考してみてもいいと思うぜ」

温度差を自覚したのか、シャーニッドが急に丁寧《ていねい》な口調に変わる。

ニーナがため息を零《こぼ》す。

「確《たし》かに、ここ最近は訓練ばかりだからな」

「そうそう。休暇は大事だぜ。体にとっても心にとっても」

「不純《ふじゅん》な動機が見え隠《かく》れしているような気もするが、まぁいいだろう。提案《ていあん》自体はまともだ」

「いよっしゃ」

……そんな感じで、第十七小隊のリフレッシュ休暇は認められた。

だからなのか、シャーニッドのテンションがいつもよりも高い気がする。

「なんだレイフォン、その根性《こんじょう》のない水着は？」

更衣《こうい》室《しつ》から出るなり、レイフォンは怒《おこ》られてしまった。

「いや、水着に根性とか言われても……」

困《こま》りながら、レイフォンは自分の穿《は》いた水着を見る。ごく普《ふ》通《つう》のトランクスタイプの水着だ。

「甘《あま》い！　男とはこうあるべきだ！」

胸《むね》を張《は》ったシャーニッドが穿いているのは、ビキニタイプ。ぴったりとしていて、なんだか窮屈《きゆうくつ》そうだ。

「おっと、おれのジェットマグナムはいつでも爆発寸前《ばくはつすんぜん》だ。あんまり熱い視線《しせん》を向けるんじゃないぜ」

「いや、どういう状況《じようきよう》ですかそれ？　っていうか向けてませんし、そんな危《あぶ》ないならもっと気をつけましょうよ」

「ふっ、美とは視線で磨《みが》かれるものなのさ」

もう、なにを言っていいのかわからないレイフォンはシャーニッドから目を離《はな》した。すると、隣《となり》の女性用更衣室からニーナたちが現《あらわ》れる。こういう場合、女性の方が着替《きが》えに時間がかかるものだが、男子更衣室の混《こ》み具合が尋常《じんじょう》ではなかったため同じぐらいになってしまった。

ニーナを先頭にナルキ、ミィフィ、メイシェンとリーリンが二人の後ろで話しながら出てくる。五人の後ろに隠れるようにフェリがいる。

「見ろよレイフォン、女性陣《じん》はあんなに気合い入れてんだぜ」

「はぁ……」

シャーニッドに促《うなが》され、レイフォンも女性陣の水着を観察する。確かに、それぞれの個《こ》性《せい》に合っているような気がする。

「素晴《すば》らしいと思わねぇか？」

「はぁ……」

耳打ちされ、レイフォンは気のない返事をした。

「普段《ふだん》は制服《せいふく》の中に隠された輝きが、今この瞬間《しゅんかん》に解《と》き放たれてるんだ。どうだ？　眩《まぶ》しいと思わねぇか？　これが青春の輝きだと思わねぇか？」

「はぁ……」

「……なんでそう、やる気がないんだお前は？」

「水泳って苦手なんですよね」

「水泳って、お前泳ぐつもりだったのか？」

「え？　違《ちが》うんですか？」

「ほんとに……お前にはどのレベルから青春について語ればいいんだ？　基礎《きそ》か？　童話からいくか？」

「青春について語る童話ってなんですか？」

頭を抱《かか》えるシャーニッドにレイフォンは困惑《こんわく》して尋《たず》ねる。

「ったくよ……いいか？　男女が普段はできない肌《はだ》を見せあったスキンシップができる場所。それがここだ！　こっから先のスキンシップはアダルティックだからな、素人《しろうと》にはお勧《すす》めできない。そういう意味では、今おれたちがいる状況はノーマルな関係の男女に許《ゆる》されたギリギリの境界線《きょうかいせん》上だ」

「ギリギリ……ですか？」

「ギリギリだ。それともなにか？　お前はあの連中の制服の下を好きな時に見ているわけか？」

「そ、そんなことしてないですよ!」

「だろうが、だったらこの状況の美味《おい》しさってのをもう少し理解《りかい》したらどうだ？　それに見ろ、もう一度見ろ」

ぐいっと頭を摑《つか》まれてレイフォンは女性陣を見た。あちらはあちらで、お互《たが》いの水着についてなにかを喋《しゃべ》っているようだ。

「みんなけっこう、気合い入れて水着を選んでると思わねぇか？」

「え……っと、きれいですよね」

「それぐらいはわかる感性があるんだろうが。だったらどうしてそれをもっと煩悩《ぼんのう》に直結させない」

「煩悩って……」

「肉欲《にくよく》って言いかえてやろうか？」

「ダイレクトならいいってものじゃないと思います」

「だが、男女の関係ってのの大本は生物の三大欲求《よっきゅう》の一つである性欲であり、それを推進するために存在《そんざい》する脳内の快楽中枢《かいらくちゅうすう》であり……」

「いきなりまじめな話に変えないでください」

「おれは常《つね》にまじめだ。……いいか、とにかく、男と女の関係の終着点はそれだ。それを楽しみとして扱《あつか》えるのが人間だ。人間万歳《ばんざい》だ。わかるか？」

「微妙《びみょう》にわかりませんよ」

「まったく、どう言えばいいんだ？　おまえは」

先輩《せんぱい》の説明の仕方には重大な欠陥《けっかん》が存在しているように思えます。……なんてことは言えず、レイフォンは言葉を濁《にご》した。

「まったくなぁ。普段《ふだん》はお前並《なみ》に鈍感《どんかん》なニーナだってあんな格好《かっこう》しているっていうのに」

そうは言うが、ニーナが着ているのはごく普通のスポーツタイプの水着だ。

「馬鹿野郎《ばかやろう》。意外性を突《つ》けばいいってもんじゃねぇ。いいか……」

シャーニッドがそこまで言った時……

「なにをグダグダしている。全員待っているぞ」

「おっ、シェーナ、悪い……」

シャーニッドの言葉が途中《とちゅう》で止まった。

頭を押《お》さえられていたから、まず足が見えた。シャーニッドもたぶんそうだ。サンダルを履《は》いた足。足首は細く、鍛《きた》えられたふくらはぎは引き締《し》まり、しかし太ももには弾力《だんりょく》がありそうだ。

鋭角《えいかく》的なハイレグのワンピースはきわどいラインを演出《えんしゅつ》し、シャーニッドが声を洩《も》らす。

だが……声はそこで止まったのだ。

「どうした？」

訝《いぶか》しげにダルシェナが眉《まゆ》を寄《よ》せる。

「いや……ていうかおれが聞きたい。どうした？」

ダルシェナがシャーニッドの言葉の真意を読み取ったようで、さらに眉をよせ、眉間《みけん》のしわが深くなった。

「どうしたもこうしたもない。わたしは泳ぎに来たんだ」

ダルシェナの目はプラスティックに覆《おお》われていた。競泳用の水中メガネというやつだ。そしてその頭には、いつも彼女を飾《かざ》っている豪奢《ごうしゃ》な金髪《きんぱつ》の螺旋《らせん》はなりをひそめ、その代わりに白いものに覆われていた。

競泳用のスイムキャップだ。

もちろん、その髪《かみ》はスイムキャップに収《おさ》まりきる量ではないので後ろでまとめられた形になっているのだが。

「まったく、遊びとはいえだらだらとするだけなのは性《しょう》に合わないんだ。先に行くからな」

茫然《ぼうぜん》とするシャーニッドを置いて、ダルシェナは砂浜《すなはま》へと向かっていく。

「なぁ、レイフォン。わかるか？」

その背《せ》を見送りながら、シャーニッドが聞いてきた。

「えーと、少しだけなら、わかった気がします」

「そうか」

妙に気落ちした感じのシャーニッドを置いて、レイフォンたちも砂浜へと移動《いどう》した。

†

そんな感じでレイフォンたちの休暇《きゅうか》が始まった。

養殖湖《ようしょくこ》でも遊泳のために開放されている区画であり、最初から大勢《おおぜい》の人間が遊んでも大《だい》丈夫《じょうぶ》な作りになっている。広い砂浜はそのためのものであり、遊泳区画のほとんどが浅瀬《あさせ》になっている。深くなったとしてもそれほどではない。乗り越《こ》え禁止《きんし》のブイ辺りまで行けば、平均《へいきん》的な男子の二倍ぐらいまでの深さになるが、そこまで行く者は少ない。

また、この時期限定《げんてい》だが浅瀬の部分には大型のイカダなどの遊具も設置《せっち》されている。ブイのさらに向こうにはウォーターガンズのボードを使う者たちの姿《すがた》もある。

砂浜では純粋《じゅんすい》に日光浴をして体を焼く者もいるし、女子に声をかける男子、それを待っている女子たち、もちろんその逆《ぎゃく》も……と色々いる。

そしてレイフォンは砂浜にある食堂、『湖の家』でまったりとしていた。

高床式《たかゆか》に作られた建物には壁《かべ》はなく、ホールの全体を外から見通すことができる。テーブルが並《なら》び、奥《おく》に厨房《ちゅうぼう》がある。料理の他《ほか》にも浮《う》き輪《わ》やパラソルなどの貸出《かしだし》も行っていた。レイフォンは床の端《はし》に直接腰《ちょくせつこし》を下ろしてジュースを飲んでいた。足は砂浜に届《とど》くかどうかのところでぶらぶらとさせている。

手持無沙汰《ぶさた》だった。

ハーレイとキリクは護岸《ごがん》の向こう側で荷物番をしてくれている。本当になにしに来たんだろうと思うが、ここで買った差し入れを持っていった時にはノート型の端末《たんまつ》を挟《はさ》んでなにやら議論《ぎろん》していた。

ニーナはダルシェナと意気投合したのか、競うようにして泳いでいる。乗り越え禁止のブイに沿うようにして泳ぐ彼女たちの水を蹴る姿が、ここからでも確認《かくにん》できた。

シャーニッドはそうそうに気分を切り替《か》えて別行動に出ている。もはやどこにいるのかすらよくわからない。

そして他の連中、リーリンやメイシェン、ナルキ、ミィフィたちは、水際《みずぎわ》で遊んでいる。

フェリは……

「よくやりますね」

薄《うす》い上着を羽織《はお》ったフェリが隣《となり》に座《すわ》った。手にしているのは棒《ぼう》に刺《さ》さったアイスクリーム。赤い果実を三角切りした形に模《も》したアイスの先端《せんたん》を口に運ぶ。

「こんなに暑いのに。よくわかりません」

「水に入れば、きっと気持ちいいですよ」

「フォンフォンは？」

「泳ぐの苦手だから」

言いながら、レイフォンは再《ふた》びアイスを口に運ぶフェリから目を離《はな》した。

（シャーニッド先輩《せんぱい》が……）

変なことを言うからだ。レイフォンはそう思った。だから変な気をまわしてしまう。フェリのアイスを運ぶ口元を見ることになんとなく抵抗《ていこう》を感じてしまった。

そう感じてしまうには理由がある。

三ヶ月の間に、色々あった。

色々あったけれど忘《わす》れていたのだ。それらはすべて事故《じこ》だったし、事故として忘れてしまうべきだと思った。

実際《じっさい》、今日まで忘れていた。

それなのに、シャーニッドがあんな風に色々と言うから思い出してしまったのだ。

フェリが身に付けている白く薄い上着の下に水着がある。ギンガムチェックの水着。胸《むな》元《もと》は上着に隠《かく》れている。ただ、ボタンで止められていないから、彼女のむき出しのお腹《なか》は見える。白い肌《はだ》。腰《こし》の辺りは同じ柄《がら》の生地がスカート状《じょう》になって覆《おお》っている。

その下……サンダルを指先でひっかけるようにして足を揺《ゆ》らしている。

小さいなぁと思う。

そういえば、何度も抱《だ》っこしたことがある。

(ああ、いやいや……待て待て自分)

この前の対都市戦訓練の時もそうだし、廃都《はいと》を探索《たんさく》した時もそうだ。その時の記憶《きおく》が頭の中から勝手に出てくる。

「どうかしましたか？」

「……いえ、なんでもないです」

いきなり頭を抱《かか》えたレイフォンに、フェリが怪訝《けげん》に声をかけてくる。慌《あわ》てて記憶の漏洩《ろうえい》を止めようとする。

だけど、それは止まらなくて……

抱き上げた時の軽さ。腕にのしかかる布越《ぬのご》しの肌の柔《やわ》らかさ。後頭部から頬《ほお》を支配《しはい》したあの感触《かんしょく》……

（だぁぁぁあっ！）

「大丈夫《だいじょうぶ》ですか？」

「大丈夫……です」

「どこか調子が悪いのですか？　最近は無理してないように見えましたけど、なにか……」

「いやっ、本当に、なんでもないです！」

記憶よ止まれ！　レイフォンは切実に願い、集中した。

そこに……

「いや、いい運動になった。フェリ、泳がないのか？　せっかく練習したのに」

「死ぬから嫌《いや》です」

「いや、だから溺《おぼ》れないための練習をしただろう」

ニーナとダルシェナが戻《もど》ってきた。

「ん？　レイフォン、どうかしたのか？」

「あ、いえ……」

声をかけられ、レイフォンは顔を上げた。

ニーナと視線《しせん》が合う。

（あ……）

色々あった記憶が、またも出てきた。

ニーナとリーリンの寮《りょう》。倒《たお》れたニーナ。そしてそのせいでニーナは……

（いやいや、事故《じこ》だから、事故。事故だってば。事故ったら事故！）

なにより、ニーナは覚えていないじゃないか。

いや、でもそれだけじゃなくて……

「さっきから、様子がおかしいんです」

「そうなのか？　レイフォン、体調が悪いのなら……」

「いや、大丈夫です。大丈夫ですって」

ニーナがレイフォンの額《ひたい》に手を伸《の》ばす。さっきまで泳いでいただけにその手は冷たい。

（うっ！）

ニーナがそうすることで、胸元が目の前に来てしまっている。

（うう……）

想起、連想……あの日の出来事。競泳用の黒の水着に身を包んだニーナの肢体《したい》を、レイフォンは……

（だからあれは事故だってっ！）

「……熱はないが、顔が赤いぞ？　本当に大丈夫か」

「あ、あの……僕《ぼく》ちょっとっ！」

ニーナが離《はな》れたのを機に、レイフォンは砂浜《すなはま》に立ちあがった。

そのままニーナの横を抜《ぬ》ける。

だが、そこには別の人影《ひとかげ》があって、レイフォンの足は止まらざるをえなかった。

「なに？　どうかしたの？」

リーリンとメイシェンたちまでやってきていた。

「いや、レイフォンの様子がな」

「え？」

ニーナの説明で二人が顔色を変える。

「レイフォン？」

「大丈夫？」

二人揃《そろ》って顔色を確《たし》かめるように近づいてくる。

（ああ、また……）

レイフォンの脳裏《のうり》に、再《ふたた》び映像《えいぞう》が浮《う》かび上がる。

あの日。

グレンダンの停留所《ていりゅうじょ》で。

轟音《ごうおん》がひしめいたあの場所で。

潤《うる》んだ瞳《ひとみ》のリーリンが……

「あっ……」

思わず声が洩《も》れたその瞬間《しゅんかん》。

「え？」

誰《だれ》かの声。

頭が沸騰《ふっとう》するみたいな感触《かんしょく》とともに、レイフォンは倒《たお》れてしまった。

†

結局、レイフォンはそのまま顔を真っ赤にして寝込《ねこ》んでしまった。

「なんなんだ？」

とりあえずパラソルで日影を作り寝かせている。病院に連れていった方がいいのではないかと思うのだが、それはシャーニッドに止められた。

「なに、のぼせただけだって」

そんなことを言う。

のぼせた？　日射病かなにかか？

「わからん」

へらへらとしているが、致命的《ちめい》なところまでだめ男ではないシャーニッドのことだから大丈夫だとは思うのだが……

「それにしても……わからん」

ニーナは何度も首をひねる。

レイフォンの寝込んだパラソルにはリーリンとメイシェンが付き添《そ》っている。ダルシェナはまた泳ぎに行き、今度はシャーニッドもそれに同行しているようだ。ナルキやミィフィは別行動。フェリは湖の家で読書をしている。

ニーナは一人散策《さんさく》していた。

なんだか、居場所《いばしょ》がない気がしたのだ。

「困《こま》ったな……」

ごった返す砂浜で居場所がないというのもおかしな感じだと、ニーナは頭をかく。

リーリンたちと一緒《いっしょ》にレイフォンに付き添っていてもよかったのだが、なんとなく二人の側《そば》にいられない気がしたのだ。

サンダルを履《は》いた足に砂が紛《まぎ》れ込む。陽光をたっぷりと吸《す》って熱い砂の感触を弄《もてあそ》びながら、ニーナは行くあてもなく歩き、周りを観察する。

男のグループと女のグループがある中で、ちらほらと男女のカップルの姿《すがた》がある。すべてツェルニの生徒なのだが、さすがに全員の顔までは覚えていられない。

それでも、中には知った顔がある。

男女それぞれのグループならそれも別にいいのだが、中にはカップルで来ている者もいる。それぞれのグループにしても他のグループを物色している雰囲気《ふんいき》があった。

「ふうむ」

なんとなく居心地の悪い気分で歩いていると、すぐ横を通り過《す》ぎるカップルに目がとまった。

「あっ」

「あっ」

いつもと違《ちが》うから、気づくのが遅《おく》れた。

向こうもこちらを見つけ、気まずい顔をする。

レウだ。同じ寮《りょう》に住む女の子でニーナとは一年の時に同じクラスでもあった。

その隣《となり》には男がいる。見たことがある。確《たし》か武芸科《ぶげいか》で、そういえばこの男も一年の時に同じクラスだった。

「ちょ、ちょっとこっちに……」

レウはニーナの腕《うで》を引っ張《ぱ》ると男から引き離した。

「な、なんだ？」

慌《あわ》てたのはニーナの方だ。

「なんだって……言うか。えーと」

言いにくそうにするレウの手が目の前をさまよい、顔をしかめた。きっとメガネを直そうとして、かけていないことを思い出したのだろう。泳ぎに来たのなら、メガネは邪魔《じゃま》に違いない。

「誘《さそ》ったのを断《ことわ》ったのは、そういうことだったんだな。それならそうと言ってくればよかったのに」

前日にニーナはレウを誘ったのだが、断られてしまっていた。

「いや、違うんだって。あれはそういうんじゃなくて」

「前にもセリナさんから聞いているし、違うことはないだろう？」

「う……ああ、もうっ！」

言葉を詰《つ》まらせたレウは、濡《ぬ》れた髪《かみ》をかきまわして呻《うめ》いた。

いつもはもう少し淡々《たんたん》とした冷静さのあるレウがこんなに慌てふためくのは珍《めずら》しい。

「まぁね、ニーナにばれたからってそれでどうってわけでもないし……別にいいんだけど。いいんだけど！」

「なんでそんなに怒《おこ》ってるんだ？」

「いや、怒ってるとかじゃなくて……」

レウはがっくりとうなだれる。彼女の感情《かんじょう》の揺《ゆ》れの理由がよくわからない。

そう言えば、セリナがレウに彼氏がいる話をした時も、ごまかそうとしていた。

（恥《は》ずかしいのか？）

そうかもしれない。

そういうものなのだろう。自分にはいないのだから想像《そうぞう》してみるしかない。

「それよりも、ニーナの方こそどうなのよ？」

「ん？」

ひきつったまま聞いてくるレウにニーナは首を傾《かし》げた。彼女が意地悪な顔をしている気がした。

「なにがだ？」

「なにがだ？　……じゃなくて、小隊の連中と来たんでしょ？　どうして一人でいるわけ？」

「あ、ああ……いや、たいしたことじゃない」

「……その答えはどうなのよ？」

「いや、レイフォンが倒《たお》れてな」

「また？」

レウが渋《しぶ》い顔をする。

「よく倒れるわねぇ、彼。虚弱《きょじゃく》なの？」

「いや、そうじゃないんだが……なんだかのぼせたらしくてな」

「のぼせた？」

「ああ。なんでだろうな、日射病《にっしゃ》ではないと言っていたんだが」

「ふうん……あ、もしかして」

「なんだ？　心あたりでもあるのか？」

「心あたりってわけでもないけど……いや、もしかして、やっぱり」

言うや、レウはニーナを上から下までじろじろと見た。

「うーん、まぁ悪くないわよね。そんなに筋肉《きんにく》がドカンてわけでもないし」

「なんだドカンって？」

ニーナを無視《むし》して、レウはニーナの腕や足を触《さわ》る。

「ちょ、おい！」

「肌触《はだざわ》りも悪くないし、でも意外に硬《かた》いのよねぇ。お腹《なか》もほとんどつまめないし、むしろ腹が立ってくるわね」

「だから、なんで触る？」

「いや、ニーナの魅力《みりょく》で倒れたんだったら面白《おもしろ》いなと思ったのよ」

「はぁ？」

魅力？

「なに言ってるんだ？」

「いや、そんな素《す》の顔で聞き返されると困《こま》るわね。せめて頬《ほお》でも赤くしてみせなさい」

「いや、だから……」

「ねぇ、自分が女だってわかってる？」

「そんなの、当たり前じゃないか」

「時々、本気で思うんだけどね。もしかしてニーナ、自分のこと男だと思ってるんじゃないかって」

「馬鹿《ばか》な」

「じゃあ、どうしてそれを言われて頬を赤らめるとかしないかな？」

そう言われても、困る。

レウの言いたいことはだいたい理解《りかい》できた。

だが、もしもレイフォンが本当に女性《じょせい》の魅力に当てられたのだとしたら、それはニーナのせいではないだろう。

あの時、レイフォンの周りにはフェリやリーリンやメイシェンたち、それにダルシェナもいた。

全員、どこに出しても恥ずかしくない美人たちだ。シャーニッドであれば泣いて喜ぶのではないか、ぐらいのことはいくらニーナにだってわかる。

だからこそ、決してニーナの魅力に当てられたわけではないということだって、わかる。

「わっかんないわよ、そんなこと。男の趣味《しゅみ》なんて統一《とういつ》されてないんだし」

「しかし、なぁ」

「じゃあね、例えばニーナが外見的理由ですごく嫌《きら》ってる男に美人の彼女がいたとして、それはおかしいと思う。確率《かくりつ》的にあり得ないと思う？　天地自然の法則《ほうそく》に逆《さか》らった愚《おろ》かな行為《こうい》だと思う？」

「いや、そんなことは、思わないが……」

「でしょ？　じゃあ、レイフォンの趣味がニーナにストライクしてる可能性《かのうせい》もあるわけじやない」

「むう……」

「じゃ、そういうこと。せっかく休みで来てるんだから、こんなところでぼうっとしてないで、少しは楽しみなさいな」

「あ、うん……」

「このところ、なんか考えてたでしょ？　暗い気分になってたって、いいことないわよ」

考え込《こ》むニーナを置いて、レウは男の所に戻《もど》ってしまった。

さらりと、ここ最近のニーナの行動に注意をすることも忘《わす》れない。そのなにげなさがレウのいい所だと思う。

だが、いまは……

レイフォンの好みがニーナである可能性？

「む、むむう……」

一人残され、ひたすら悩《なや》むニーナであった。

†

夕食はバーベキューだった。

養殖科直営《ようしょくかちょくえい》のその店で取れたての魚介類《ぎょかい》や肉を満腹《まんぷく》になるまで楽しんだ頃《ころ》にはもう日も落ちていた。

それでも養殖湖近辺から人が減《へ》る様子はない。むしろ増《ふ》える一方で、屋台が養殖湖の護《ご》岸《がん》に沿《そ》って軒《のき》を連ね始めた。

レイフォンたちも水着から私服に着替《きが》え、屋台を見物している。

「すごい人ね」

人の集まりに、リーリンがため息を零《こぼ》した。

「そうだね」

隣《となり》にいるレイフォンも同じように息を零す。

「なになに？　そんなに珍《めずら》しい？　普通《ふつう》の夏祭りだと思うけど？」

ミィフィがそんなレイフォンたちの反応《はんのう》に食いついてきた。

「グレンダンは夏がほとんど来ないしね」

「そうね、覚えてるだけで三回くらいかな？」

「それに、お祭りってそんなになにやらないしね」

「年始くらいかな？　やる時はとことん派手《はで》にやるけど、他はご町内任《まか》せみたいな感じがあるわね」

「うわぁ、地味だねぇ」

「ヨルテムはお祭りがたくさんあるの？」

驚《おどろ》くミィフィに、逆《ぎゃく》にリーリンが尋《たず》ねる。

「けっこうあるよ、年始の精霊祭《せいれいさい》に、それぞれの季節でもやるし……」

「へぇ……」

「ヨルテムはやっぱりお金持ちなのね」

関心を示《しめ》すレイフォンたちに、ミィフィがさらにヨルテムの祭りのことを説明し始める。

ミィフィの話し方がうまいこともあり、二人は他所《よそ》の都市の華《はな》やかな祭りの様子に感嘆《かんたん》の息を洩《も》らした。

「ここに来てそうだろうなって思ったんだけど、やっぱりグレンダンは貧乏《びんぼう》だったんだね」

「なに、いまさら気づいたの？」

レイフォンの言葉に、リーリンが呆《あき》れた顔をする。

「年中あんなに戦ってて、お金があまるわけがないじゃない」

「あーそっか」

「まったく、少しは考えなさい。家計も国の運営費《うんえいひ》も同じよ」

「いや、そんな風に考えられるのはリーリンだけだよ」

そんなやり取りをしながら、屋台を見物していく。

「おっと、そろそろ時間だぜ」

シャーニッドが時計を確認《かくにん》した。

「そろそろ行くか」

「しかし、こんな時間から移動《いどう》してもいい場所は埋《う》まってるだろう」

「そこはそれ、適材適所《てきざいてきしょ》、コネは使ってこそ意味があるってやつさ」

ダルシェナの疑問《ぎもん》にシャーニッドはそう答えた。


光が花開く。

「うわぁ……きれい」

養殖湖の上空に花火が上がった。

音もなく夜に瞬《またた》いた幻想《げんそう》の光の花に、リーリンが感嘆の声を上げた。

「本式は火薬でやって音も凄《すご》いんだが、さすがにそんな予算も技術《ぎじゅつ》もないか」

リーリンの喜びようにニーナが説明をした。

その横顔を、白や赤の光が染《そ》める。

いま、夜空で咲《さ》いている花火は、空間投影《とうえい》によって再現《さいげん》された映像《えいぞう》だ。

「僕《ぼく》はしたことないけど、あれってバイトで作るんだよね？　募集《ぼしゅう》してるの見たことある」

「ああ。今年の連中は少し手を抜《ぬ》いたか？　動きが甘《あま》いな」

ハーレイとキリクがそんな会話をしている。

キリクに辛口《からくち》の点を付けられたが、それでも夜に咲く花火は集まった生徒たちの空を華やかに飾《かざ》り、歓声《かんせい》を上げさせる。

「しかし、コネとはこれのことか？」

ダルシェナが呆れた声で自分たちがいる場所を見回した。

そこは養殖湖《ようしょくこ》のすぐ近くにある、養殖科研究棟《とう》の屋上だ。一般《いっぱん》生徒の立ち入りが禁《きん》じられた場所だが、そこにはこの棟で研究をしている生徒たちが同じように花火見物をしている。

「まぁ、これぐらいは大目に見ないとな」

この研究棟を利用しているフォーメッドが苦笑《くしょう》を浮《う》かべてそう呟《つぶや》いた。隣にはナルキがいて、恐縮《きょうしゅく》した顔をしている。

「すいません」

「気にするな。それよりもせっかくの祭りだ。今年はお前も忙《いそが》しいしな、浮かれた気分になれる時間も少ないだろう。楽しめ」

「は、はい」

フォーメッドの言葉でも、ナルキは小さくなったままだ。

「見ろ、お前の思いつきに一年が迷惑《めいわく》している」

そんなナルキの様子に、ダルシェナがシャーニッドを睨《にら》む。

「女に頼《たよ》られて嬉《うれ》しくない男はいないね。問題なのは女の意識《いしき》の方さ」

「なんだ、そんな関係か」

シャーニッドの言葉で、ダルシェナは一瞬《いっしゅん》で二人の関係を理解《りかい》した。

「おれも、お前に頼られたら嬉しいぜ」

「生涯《しょうがい》ないから気にしなくてもいい」

「ひでぇ話だ」

肩《かた》をすくめたシャーニッドをダルシェナが睨む。だが、その視線《しせん》がすぐに緩《ゆる》んだ。

「だが、休暇《きゅうか》を提案《ていあん》するにはいいタイミングだったな」

「そうだろう？　青春は短い。その中で夏はもっと短い。楽しまなければ損《そん》ってやつだ」

「そうではなく、ニーナのことだ。わかっていたのだろう？」

ここ最近、ニーナは不意に考え込むことがある。それも深刻《しんこく》な表情《ひょうじょう》でだ。すぐにそれに気づいて表情を消すのだが、ダルシェナは見逃《みのが》していなかった。

なにを考えているのかは知らないが、武芸《ぶげい》大会に向けての忙しさもあってニーナがそれに没頭《ぼっとう》する暇《ひま》がなかったのは、おそらく彼女にとっては救いだったろう。

だが、それもそろそろ限界《げんかい》に近いのではないか、ダルシェナはそう危惧《きぐ》していた。

そのタイミングでの、シャーニッドの休暇の提案だ。

「まぁ、あれはあいつ特有の熱中症《しょう》だな」

「熱中症だと？」

「頭の中で勝手にオーバーヒートだ。暴走《ぼうそう》する前に冷却《れいきゃく》しないとな」

そう答えた後で、シャーニッドはなにかを思いついたらしく、にやにやと笑った。

「こんなに毎日暑いんだ。本物の熱中症と合併症《がっぺいしょう》起こしてたりしてな」

「お前の冗談《じょうだん》は笑えん」

シャーニッドの乾《かわ》いた笑いにダルシェナが呆《あき》れた顔をするが、やはり今度もその表情はすぐに変化した。

だが、今度は寂《さび》しげだ。

「こういう馬鹿《ばか》話をしていると、すぐにあいつが難《むずか》しい顔をしたものだ」

「なんだ？　思い出話か？」

「お前は、思い出さないのか？」

「さぁね」

言いながらもシャーニッドが顔をそらす。

「少なくとも、おれにあいつを同情できる資格《しかく》はねぇだろうな」

「同情か、あいつは嫌《きら》いそうだ」

「だろう」

いまだ目覚めない友人のことを思って、二人は花火を見上げた。

そんな二人をメイシェンとミィフィは背後《はいご》から見物していた。

「あれが、大人のセンチメンタルだね」

「そ、そうかな？」

ミィフィの言葉にメイシェンは戸惑《とまど》う。ここからでは二人の会話は聞こえなかったし、聞き耳を立てるのも変だと思っていたので、二人がなにを話していたのかはまるでわからない。

だけど、なんとなく寂しげに花火を見上げる二人の姿《すがた》は、「あー絵になるなぁ」と思ってしまう。

「ああいうアダルティな雰囲気《ふんいき》はメイっちには無理よね」

「うっ、まぁ……」

それはミィフィだって、とは思うがそれは十分に承知《しょうち》しているに違《ちが》いない。

「だったら、もう少し直球に接触《せっしょく》を持とうよ。コンタクトコンタクト。ダイレクトにポジティブにボディコンタクト！」

「……待って、なにか意味がおかしい気がするよ？」

「そんなことじゃあ、あれはどうにもできないよ！」

きっと顔が赤くなっている。メイシェンは白熱するミィフィを止めようとするのだが、その前に彼女の指差したものを見てしまった。

そこには、レイフォンとリーリンが並《なら》んで花火を見ている姿がある。グレンダンでは花火を上げる習慣《しゅうかん》はないのか、二人は本当に物珍《ものめずら》しそうに、それこそ子供《こども》のように空を見上げていた。

「あの花火ぐらいどかんと大きなイベントを起こしなさい、自分で」

「ええ!?」

「それぐらいしないと、メイシェンの番は回ってこないわよ、もう一度見てごらん」

再《ふた》び、ミィフィの指の向く方向に視線を向ける。

レイフォンたちから少し離《はな》れた場所にフェリがいる。そしてニーナも。遠すぎず、しかし近すぎず、会話に加わろうと思えばできるという微妙《びみょう》な距離《きょり》を保《たも》っている。

「ほら、あの二人が隙《すき》を窺《うかが》っているんだよ。メイっちにはあの二人を押《お》しのけるぐらいの気合が欲《ほ》しいわね。最高はリーリンを押しのけてあの腕《うで》に抱《だ》きつくぐらいの積極性《せい》」

「む、無理だよ」

それは本当に無理だ。

無理だと思う。

だけど……

(うっ……)

だけど、もう少し勇気を出せばできるかもしれない。

そう思ってしまうことを自分はした。

してしまった。

自分でも卑怯《ひきょう》だったと、思い返すたびに頭を抱《かか》えてしまう。弱気だからあんな風にしかできなかったけど、でも、もう少し自分に勇気があれば。

もしかしたら……

「なに、メイっち、なんか顔が真っ赤だよ」

「な、なんでもない」

でも、今の自分にはそれを想像《そうぞう》して顔を赤くするぐらいしかできない。

レイフォンを見る。その隣《となり》にいるリーリンを見る。あの位置に自分がいられたら……そう想像してしまう。そして、想像しかできない自分に少しだけ嫌悪《けんお》感が湧《わ》く。

(勇気が欲しい)

リーリンを見て、メイシェンはそう思ってしまうのだった。

†

過《す》ぎ去ってしまえば全《すべ》てが一瞬《いっしゅん》の出来事のように感じてしまう。

ニーナは適度《てきど》な虚脱《きょだつ》感とともに歩いていた。

養殖湖《ようしょくこ》近くにある路面電車の停留所《ていりゅうじょ》は帰りの生徒たちで埋《う》まっていた。レイフォンたちは徒歩でしばらく進むことに決め、それからそれぞれの方角に向かって分かれた。

ダルシェナとシャーニッドはそのまま歩きで帰ることになり、ナルキたちはそうそうに路面電車に乗ると言って停留所に残った。ハーレイとキリクたちは研究室に戻《もど》ると言って去っていった。

残っているのはニーナとレイフォンとフェリ、そしてリーリン。

最初の頃《ころ》はリーリンとレイフォンを中心に、あれこれと話していた。二人にとって夏の花火という風物詩は初めての体験であったらしく、その顔は本当に楽しそうで、ニーナも表情《ひょうじょう》が緩《ゆる》んだ。フェリはマイペースに付かず離れずに歩いていたが、その雰囲気《ふんいき》に流されるように会話に加わっていた。

だが、それもいまは静かになっている。

(疲《つか》れたかな？)

リーリンだけは武芸者《ぶげいしゃ》ではない。普通《ふつう》の人だ。一日中動きっぱなしだったし、昼間には泳いでいる。体力的にそろそろ限界《げんかい》かもしれない。

(無理せず、次の停留所で乗るか)

そんなことを考える。

念威繰者《ねんいそうしゃ》であるフェリにしてもニーナやレイフォンのような体力はない。だが、一応《いちおう》訓練で基礎《きそ》体力作りは行っているのでリーリンほどではないだろう。それでもやや足取りに不安があるように見える。

やはり、次の停留所が限界だな。

やがて、目の前に停留所の明かりが見えた。あの停留所は分岐点《ぶんき》でもある。ここで同じ寮《りょう》であるニーナとリーリン、そして同じ区画のレイフォンとフェリに分かれることになる。

停留所が見えて、フェリが小さく息を吐《は》くのが聞こえた。

「よし、ここで乗ろう」

ニーナが声をかけると、レイフォンも頷《うなず》いた。

「……ちょっと、ごめん」

その声に振《ふ》り返ると、リーリンが足を止めていた。

「どうした？」

リーリンの表情は街灯《がいとう》から外れていて、読めない。疲れて気分が悪くなったか？　やはり荷物を持つべきだったか、彼女が断《ことわ》るからそのまま持たせていたが……

「ちょっと、レイフォンに話があるの」

リーリンが肩《かた》に提《さ》げたバッグの紐《ひも》を握《にぎ》りしめて、そう呟《つぶや》いた。

「あ、それならわたしたちは……」

ただならぬ雰囲気を感じ、ニーナはついに来たかという思いがあった。

およそ、三ヶ月経《た》った。

リーリンがツェルニに来てからだ。

それなのに、彼女はその目的をずっとはぐらかし続けていたのだ。

学園都市は比較的《ひかくてき》に汚染獣《おせんじゅう》の少ない地域《ちいき》にあり、その通行も他の都市よりは安全に移動《いどう》できるとは聞いていた。

だが、ニーナは実際《じっさい》にツェルニに入学するためのバスで都市が滅《ほろ》ぶ様を見ているし、ここ最近は汚染獣に襲《おそ》われるという経験《けいけん》もしている。

放浪《ほうろう》バスでの旅は決して安全なものではない。

それなのに、彼女は来た。

なんのために？

誰《だれ》もがリーリンに直接的《ちょくせつ》あるいは遠回しに聞いたはずだ。

だが、彼女はその答えを常《つね》にはぐらかし続けてきた。

ついに話す気になったのか。

その時が来たことに、ニーナは息を呑《の》む緊張感《きんちょう》を覚えた。戦闘《せんとう》の時とは違《ちが》う。なんとなく、いたたまれない気分にさせる。

フェリと視線《しせん》を交《か》わす。彼女もここにいるべきなのかどうか逡巡《しゅんじゅん》しているようだった。

「いえ、ニーナたちも聞いて」

予想外に、リーリンは二人に残ることを希望した。

「二人にも聞いてほしいの。わたしの知らない武芸者《ぶげいしゃ》のレイフォンを知っている二人には」

「う、うむ」

「……はい」

ニーナたちは返事をすることしかできない。レイフォンもただならぬ様子に緊張してリーリンの言葉を待っていた。

「レイフォン……」

「うん……」

名前を呼《よ》んでから、リーリンはしばらくレイフォンの顔をじっと見つめていた。それはまるで、今のレイフォンを確《たし》かめているかのようだ。

「……手紙で、レイフォンが武芸者を続けてるって書いてあって、わたしね、本当は、ちょっとほっとしたんだ」

「え？」

「手紙にも書いたよね？　嬉《うれ》しかったし、色々悩《なや》んだんだなって思うけど、でもレイフォンが武芸者でいてくれたのは嬉しい。わたしにとってのレイフォンはやっぱり武芸者だし、それがなくなっちゃうのはなんだかレイフォンじゃなくなるみたいだって……わたしが知ってるレイフォンがいなくなるみたいで、本当は嫌《いや》だったから」

「リーリン……」

「でもね、わたしは思ってたの。もし、レイフォンに再会《さいかい》してよく観察して、本当に嫌々武芸者をやってるのなら、やめさせようって。ツェルニのことなんて関係ない。わたしは武芸者じゃないけど、戦うことが本当に大変なんだってことは、養父《とう》さんの話を聞いてたらわかるから。そんな気持ちだったら、絶対《ぜったい》にレイフォンに良いことなんて起こらないから」

その言葉は、隣《となり》で聞いているニーナの胸《むね》にこそ突《つ》き刺《さ》さる言葉だった。

武芸者でいたくないレイフォンに武芸者でいさせ、戦わせる。そんなことになっているのはツェルニにいる他《ほか》の武芸者たちが不甲斐《ふがい》無いから。

自分が不甲斐無いから。

何度もそう思った。

その度《たび》に立ち直らせてくれたのは誰だ？

レイフォンだ。

ニーナが強くなるために協力してくれているのは誰だ？

レイフォンだ。

覆《くつがえ》しようのない実力差が、ニーナの目を、行動をレイフォンから外せなくさせている。協力なんて言葉は彼の前では無意味だ。

誰も、彼に追いつけないから……

頼《たよ》りきることしかできないのだ。

リーリンの手が、バッグに伸《の》びた。

「でも、レイフォンは本当に嫌じゃないみたいだった。レイフォンがどう思ってるのかはわからないけど、嫌そうな顔なんてぜんぜんしてなかった。それは本当によかった」

「僕《ぼく》は諦《あきら》めたわけじゃあ……」

「うん、それでもいいよ。少なくとも、レイフォンにとって武芸者でいることが絶対にありえない選択肢《せんたくし》じゃないことだけはわかったから」

「リーリン……」

「だから、今のレイフォンには……ううん、今のレイフォンだからこそ、これが必要なんじゃないかと思うの」

そう言って、リーリンはバッグの中からなにかを出した。

きれいな布《ぬの》に包まれた長細い箱だ。金糸や銀糸で飾《かざ》られた布には、箱の表を覆《おお》う部分になにかの紋様《もんよう》が刺繍《ししゅう》されていた。

その箱の意味がニーナにはわからない。

だが、レイフォンを見ると、その顔は明らかに驚《おどろ》きに固まっていた。

「それは……」

「養父さんはもうあなたのことを許《ゆる》しているよ。むしろ、申し訳《わけ》なくさえ思ってる。だから受け取って欲《ほ》しいって」

養父……その言葉からニーナが連想するのは、サイハーデンの刀術《とうじゅつ》。レイフォンが自ら封印《ふういん》し、ハイアが何度も握《にぎ》らせようとした刀。

あの中にあるのがなんなのかはわからない。

だが、リーリンはレイフォンに刀を握らせようとしているのではないか？

それはレイフォンの過去《かこ》からの解放《かいほう》を意味しているのか？

それとも、レイフォンのさらなる飛躍《ひやく》を意味しているのか？

いまよりももっと強くなるのか？

だとしたら………

だけど、レイフォンはリーリンの差し出した箱を前にして静かに首を振《ふ》ったのだ。

「ごめん、それは受け取れない」

後のことは、あまりに怒濤《どとう》のように過《す》ぎ去ったのでうまく整理できない。

## 02　敵

その報《しらせ》は昨日の朝に届《とど》けられた。

デルボネの感知の前ではほとんどの汚染獣《おせんじゅう》は一週間前にその存在《そんざい》と接近《せっきん》を知ることができる。

その意味では、今回の汚染獣は対索敵能力《たいさくてきのうりょく》としてはかなり優《すぐ》れたものを備《そな》えていた。

「さて、戦闘《せんとう》能力の方はどうなのかな？」

グレンダン。その外縁部《がいえんぶ》の端《はし》に立ち、カウンティアは楽しげに目を細めた。腰《こし》に届きそうな長い白髪が強風に乗り、なびく。

その体は汚染物質遮断《ぶっしつしゃだん》スーツに包まれていた。天剣授受者独自《てんけんじゅじゅしゃどくじ》の特注品であるそのスーツは、関節部分に余裕《よゆう》を持たせている以外では驚くほどの薄《うす》さを保《たも》ち、体に密着《みっちゃく》している。

そのために彼女のスレンダーな肉体が露《あらわ》に表現《ひょうげん》されていた。腰の位置がかなり高く、手足が驚くほどに長い。

華奢《きゃしゃ》にしか見えない体だが、その手に握っているのは太く長い柄を持ち、その先には幅《はば》広《ひろ》の刀がある、大刀と呼《よ》ばれる類《たぐい》の武器だ。刃《は》の根の部分では物語に登場する龍《りゅう》の頭が顎《あご》を開き、まるで刀はそれが吐《は》く炎《ほのお》のようにも見える。

青龍偃月刀《せいりゅうえんげつ》。それが彼女の武器《ぶき》だ。巨大《きょだい》な武器は人に圧迫《あっぱく》感を与《あた》えるものだが、刃の部分に取り付けられた飾り紐《ひも》に小さな動物のマスコットがあり、それが圧迫感を減殺《げんさつ》している。

「楽しみ。ねぇ、そう思わない？」

ルージュを引いた唇《くちびる》を本心から楽しそうに引き伸ばし、カウンティアは振り返った。

やや険《けん》のある美貌《びぼう》に荒々《あらあら》しい傷跡《きずあと》が額《ひたい》から顎にかけて斜《なな》めに走り、凄《すご》みを加えている。

その顔に童女のような高揚《こうよう》感を浮《う》かばせて背後《はいご》の人物に笑いかけた。

「気が重いよ」

カウンティアの表情《ひょうじょう》とは対照的に、言葉通りの沈《しず》んだ顔が彼女の視線《しせん》の先にある。

その姿《すがた》はぽつんとあった。カウンティアの半分ほどしかない背《せ》に大きな頭が載《の》っかっている。目も鼻も口も、全《すべ》てが大味な作りだ。手足も短く、まるで子供《こども》の姿のまま大人になってしまったかのような感じだ。

その肌《はだ》はつるつるとしていて顔に丸みがあることもあり、まるで餅菓子《もちがし》のような風情《ふぜい》があった。

「なに？　リヴァース。相変わらずテンションが低いなぁ」

「戦うんだよ。気分が重くなって当然だと思うけど」

そんなリヴァースの弱気な態度《たいど》に、カウンティアは空いた手を腰に当ててため息を吐《つ》く。

「そこだけはずぅううっと平行線ね。たまには意見の摺《す》り寄《よ》せとか考えない？」

「それはカウンティアの意見も僕に近づくってことだよね？」

そこでやや沈黙《ちんもく》。

「それだけは絶対《ぜったい》ありえない！」

声をそろえて言い合い、カウンティアが豪快《ごうかい》に笑い、リヴァースがためらいがちな笑《え》みを作る。

「でも、大丈夫《だいじょうぶ》だよ。僕がちゃんとカウンティアを守るから」

小さな声でぼそぼそとリヴァースは呟《つぶや》く。カウンティアはその言葉でたまらなくなり、彼を抱《だ》きしめ、赤くなっているその頬《ほお》に唇を押《お》し付けた。

「じゃあ、今日の獲物《えもの》を観察しましょう」

まるで愛の囁《ささや》きのようにカウンティアは呟く。

天剣授受者、カウンティアとリヴァース。天剣授受者としては異例《いれい》であるコンビは、同時に視力を強化し、獲物を見定めた。

グレンダンのはるか向こう三十キルメルに及《およ》ぶ場所に、まるで岩山のようにそびえ立つ異形の姿がある。

巨大な獅子《しし》に似ていた。

それがグレンダンに向けて巨軀《きょく》を揺《ゆ》るがせて迫《せま》ってくるのだ。

「翅《はね》を捨《す》ててるわね」

「かなり年寄りみたいだ」

獅子の背中に翅であっただろうものが二つ並《なら》んで小山を作っている。

老生体の中でも年を経《へ》たものほど、巨大になり過《す》ぎたものほど、翅を捨てる傾向《けいこう》があると二人は知っていた。大きくなりすぎた体軀を空に飛ばすこと、そのための機能が体における割合《わりあい》を大きく占《し》めてしまうことを嫌《いや》がるのか。

「狩《か》りがいがあるわね」

その巨体を見ただけでカウンティアが舌舐《したな》めずりし、リヴァースは不安そうに肩《かた》を震《ふる》わせる。

「力が強そうだよ。それに硬《かた》そうだ」

「だからじゃない。どこまで切り裂《さ》けるか……ふふふ、いつものことだけど初撃《しょげき》ほど心躍《おど》る瞬間《しゅんかん》はないわ。とどめなんてそれに比《くら》べたらつまらない。ただの作業だものね」

「僕も最初が一番緊張《きんちょう》するよ」

そんな会話の中、老生体はこちらに向かって疾走《しっそう》してくる。距離《きょり》は驚《おどろ》くほどの速さで縮《ちぢ》まっていく。

じっと見ていると遠近感が崩壊《ほうかい》してしまいそうだ。

「いつも通りにいけばどうとでもなるでしょ」

気楽な口調でカウンティアが声をかけ、リヴァースが青い顔で頷く。

二人でスーツのヘルメットを被《かぶ》り最後の戦闘態勢《せんとうたいせい》を整える。

カウンティアがリヴァースのヘルメットの繋《つな》ぎ部分を確認《かくにん》する。彼の遮断《しゃだん》スーツはカウンティアとはまるで反対に作られている。必要以上とも思えるほどスーツの各所に錬金鋼《ダイト》製《せい》のプレートが縫《ぬ》い込《こ》まれており、ヘルメットまで被るとまるで鉄人形のような様相となる。

その重量たるや、さすがの武芸者でも動きに支障《ししょう》が出るほどだ。

高速戦闘こそが至上《しじょう》であり、攻撃《こうげき》を受けることは即《そく》、死へと繋がる汚染獣《おせんじゅう》戦ではあまりにもありえない装備《そうび》だ。むしろ、カウンティアのように汚染物質を排除《はいじょ》するためだけを目的とした形こそが理想形だろう。

しかしそれもまた、あまりにも防御《ぼうぎょ》を無視しすぎているためありえない。汚染獣の攻撃を避《よ》けたとしても、戦闘の際《さい》に生じる衝撃波《しょうげきは》が生む破壊《はかい》、それによって飛散する小石に当たっただけでもスーツが裂《さ》けてしまうかもしれない。

スーツが裂ければ、汚染物質が肉体を浸蝕《しんしょく》する。その激痛《げきつう》たるや生半可《なまはんか》なものではなく、武芸者《ぶげいしゃ》の精神《せいしん》がそれに耐《た》えたとしても動きが鈍《にぶ》ることは不可避《ふかひ》だ。

そして、動きの鈍い武芸者にはやはり死の運命が待つ。汚染獣の一撃か、あるいは都市への帰還《きかん》が果たせずに生きながらにして焼き殺されるか。

カウンティアだからこそ許《ゆる》される。

リヴァースだからこそ許される。

攻撃のことしか考えないカウンティア。

防御のことしか考えないリヴァース。

この二つの装備《そうび》は、まさしく二人の特性のためだけに存在《そんざい》する形だ。

「大丈夫だよ、僕がいつだって君を守るから」

リヴァースの言葉でヘルメット越《ご》しに二人の目が合う。カウンティアが苦笑《くしょう》したように見えた。

「ありがとう。リヴァースがいるから、いつだって全力でいけるわ」

「僕もだよ」

言葉を交わし、視線《しせん》を交わし、心を通わせる。

天剣授受者《てんけんじゆじゆしや》にして異例《いれい》のコンビ。

歪《いびつ》な二人の完璧《かんぺき》なコンビネーション。

「さあ、狩りましょうか」

「そうだね」

そして、二人は戦場に赴《おもむ》く。

いつものように、二人で。

†

どうして、わたしが。

フェリはこの状況《じようきよう》に理不尽《りふじん》を感じてしかたがない。なぜ、自分がこんなにも胃が痛い気分にならなくてはならないのか。

あれから一週間が経《た》った。

それはレイフォンの不機嫌《ふきげん》顔が治らないままの一週間という意味でもある。

あの晩《ばん》、レイフォンはリーリンの差し出した箱――おそらく中身はサイハーデン流に関するなにか――を受け取ることを拒否《きよひ》し、そのまま大ゲンカとなった。

最初は驚《おどろ》き、優《やさ》しく説得するように言葉を紡《つむ》いでいたリーリンも、レイフォンの頑《かたく》なさについには激昂《げっこう》し、それに引きずられるようにレイフォンの言葉も荒《あら》くなり……

そして、フェリとニーナが我《われ》に返った時には、もはや止めようのない状況となっていた。言葉をさしはさむ隙間《すきま》もなく、ただ、いたたまれない気持ちのままその場に居合《いあ》わされ、そしてついに耐えきれなくなったリーリンが走り去っていくのを見送らなければならなかった。

ニーナはそれを追い、フェリはレイフォンを追いかけなくてはならなかった。それはしかたがない。それぞれの帰る方向がそちらにあるのだから。

レイフォンはフェリを待ってくれていた。できることならば感情《かんじょう》に任《まか》せてそのまま帰ってくれていてもよかったのにと思う。

お互《たが》いに無言のまま、次の停留所《ていりゅうじょ》まで歩いた。

こんな時にこそ、レイフォンの味方をしなくてはいけない気がする。そう思いもする。だけど、今回のことはレイフォンが悪いような気がしてならない。

リーリンは……彼女は、ツェルニまでやって来たのだ。グレンダンからツェルニまでの危険《きけん》な旅をしてきたのだ。

そのことだけを取り出せば、なら、この都市にいる数万人の生徒たちは、この世界中に存在する全《すべ》ての学園都市にいる生徒たちはどうなるのだという反論《はんろん》もできる。フェリだってそうだ。汚染獣《おせんじゅう》に襲《おそ》われる危険性《せい》と隣《とな》り合わせに、狭《せま》い放浪《ほうろう》バスの中で長い時間耐えてやってきた。

しかし、問題はそんなところにはない。

学園都市に訪《おとず》れた生徒たちにだって様々な事情があるだろう。だが、その目的は最終的に、自分のためという言葉に帰結するはずなのだ。

リーリンは違《ちが》う。

レイフォンのためにツェルニまでやって来たのだ。

それなのに、あの態度《たいど》はない。

リーリンに感情移入《いにゅう》してしまっていることを自覚せずにはいられない。

だが、そのことに対して不快《ふかい》感はない。

やはり、レイフォンは間違っていると思うし、彼女の言い分はしごく正当なものだと感じた。

そうなってくると、次にしなければならない行動というものがある。リーリンがあの場に自分たちを残したのは、そのことを判断《はんだん》させるためだったのだと思う。一般《いっぱん》人であるリーリンには想像《そうぞう》で生み出すしかない結論が正しいのかどうかを、本人と、武芸者でありレイフォンの秘密《ひみつ》を知っている自分たちに判断させるためにあの場に残したに違いないのだから。

そして、フェリは彼女が正しいと思った。

『ここはグレンダンじゃないのよ！』

口論の中で、リーリンは何度もそれを強調した。

フェリもその通りだと思う。

だけど、レイフォンはそれを聞き入れない。これは自分へのけじめだと言って受け取ろうとはしない。

レイフォンにあれを受け取らせる。それがいまの自分たちの役目なのだろう。

だけど、だからこそ……

「それでは、お先に失礼します」

冷たい声でそう告げると、レイフォンが訓練室のドアを閉《と》じた。

去っていく足音を、残っていた全員が耳を澄《す》ませて聞き、それが遠くなると我知らず息を吐《は》き出していた。

ああ、胃が痛い。

フェリは自然にお腹《なか》に手を当てていた。

「……ぜんぜん、機嫌が直らないねぇ」

錬金鋼《ダイト》の調整に来ていたハーレイも疲《つか》れた顔で呟《つぶや》く。シャーニッドは我先にと逃《に》げ出していた。他《ほか》の皆《みな》にしても最初は心配顔だったが、いまはこの状況《じょうきょう》に疲れ切ってしまっている。

事情は、もう第十七小隊の全員には話してあった。

「レイフォンでもあんな風に怒《おこ》ることがあるんですね」

「自分へのけじめだろうからな、そこを突《つ》かれると頑固《がんこ》になってしまうのはあいつでも変わらないか」

ナルキの言葉にダルシェナがため息で応《おう》じる。

「それよりも、本来の実力を封《ふう》じてあそこまで強いというのはまったく……信じられない領域《りょういき》にいるな、あいつは」

「でも、刀に変えたからって劇的《げきてき》に強さが変わるわけでもないと思うけどね」

ダルシェナの言葉に答えたのはハーレイだった。

彼は携帯端末《けいたいたんまつ》に指を走らせ、画面にレイフォンの使う三つの錬金鋼《ダイト》、青石錬金鋼《サファイアダイト》、簡易《シム》型複合錬金鋼《アダマンダイト》、複合錬金鋼《アダマンダイト》のデータを表示《ひょうじ》する。

「武器《ぶき》を使う動作的なことは、いまさら僕《ぼく》が言うことじゃないけど、剣《けん》と刀という武器性能《せいのう》の違いに関しては、それが生まれた古代ならともかく、いまはそれほど違いはないんだよね」

「どういうことだ？」

ニーナが尋《たず》ねる。

「もちろん、形状的な理由で、剣よりも刀の方が切ることにおいて優《すぐ》れていることはそうなんだけどね。でも、剣で刀並《なみ》の切れ味が再現《さいげん》できないかというとそんなことはないんだ。そのための技術の進歩だし」

言いながら、今度は折れ線グラフがモニターに表示された。

「もちろん、レイフォンが剣よりも刀を持った方がいいのも確《たし》かだよ。これは僕じゃなくてキリクの意見なんだけど、レイフォンの動きの基本《きほん》はやっぱり刀術なんだよ。刀の形状をもっとも効率《こうりつ》的に運用できるようにレイフォンの体の基本的な動きはできている。この間の簡易型複合錬金鋼《シム・アダマンダイト》を使った戦いだと、損耗《そんもう》度がそれほどじゃなかった。剣だと錬金鋼《ダイト》にかかる負担《ふたん》が大きくなってるのは確かだし、それが体に対しても同様である可能性《かのうせい》は高いよね」

「む……」

体に負担。その言葉で、ニーナの顔が深刻《しんこく》さを増《ま》した。

「しかし話に聞く限《かぎ》り、レイフォンは十の時に天剣授受者《じゅじゅしゃ》というものになったと聞いた。

刀を捨てたのはその時からだろう？　もう、体がその動きに馴染《なじ》んでいる可能性もあるのではないか？」

ダルシェナの疑問《ぎもん》に、ハーレイは苦笑《くしょう》する。

「そうかもね。僕は医者じゃないから、その部分に関しては断言《だんげん》なんてできないよ。でも、技師《ぎし》としての目から見れば、レイフォンはやっぱり刀を使うべきだとは思うよ。無理がないし、少なくとも動きに負担がかからなくなるはずだし。それはこれが証明してる」

ハーレイの指がモニターを弾いた。

剣と刀。その違《ちが》いはフェリにはわからない。念威繰者《ねんいそうしゃ》であるフェリにとって重晶錬金鋼《バーライトダイト》を持つことは当然であり、それ以外の選択肢《せんたくし》はありえない。

それでも、端子の形状一つで、念威の伝導率《でんどうりつ》に若干《じゃっかん》の差があったり、移動《いどう》のために気流を利用させやすかったりという違いは存在《そんざい》する。念威繰者としてのやる気を疑《うたが》われているフェリであっても、そんな細かい部分で思い通りにならない不快《ふかい》はストレスをためる。だから錬金鋼《ダイト》の調節にはそれなりに注文を付けているのだ。

「それに、レイフォンは錬金鋼《ダイト》の調整に関してあまりにも無関心なんだよね。それはレイフォンが自分の強さを過信《かしん》してるとかじゃないと思うんだ。鋼糸《こうし》の設定《せってい》の時はすごい細かく数値《すうち》を覚えてたし、調整する時も、剣は適当《てきとう》なんだけど、鋼糸にはすごい注文を付けてくるから」

「そうなのか？」

ニーナが驚《おどろ》いた顔をしている。

「うん。でもやっぱり、剣に関してはああだからね。レイフォンは自分の命を預《あず》ける錬金鋼《ダイト》に対して、あまり積極的じゃないんだ。武芸者《ぶげいしゃ》としてはそこのところがすごく異例《いれい》だよ」

「む……」

ニーナの挙動が不審《ふしん》になり、フェリは首を傾《かし》げた。

「わたしは……自分の錬金鋼《ダイト》にあまり不満をもったことがないぞ？」

汗《あせ》すら浮《う》かべそうな顔でそう告白したニーナに、ハーレイが苦笑して答えた。

「それはね、僕や親父《おやじ》がずっとニーナの錬金鋼《ダイト》を見てきたからだよ」

†

「ハーレイは、隊長のことが好きなんですか？」

「はいぃぃ!?」

モップを使いながらの質問《しつもん》に、ハーレイが素《す》っ頓狂《とんきょう》な声を上げた。

今日は、フェリが訓練室の掃除《そうじ》当番だった。適当に掃除機でゴミを取ったところでモップを使って拭《ふ》いている。

その最中に、さきほどの会話で感じた疑問をなんの前置きもなく尋ねてみた。

訓練室はフェリとハーレイ以外誰《だれ》もいない。彼は調整で使った機材を鼻歌を口ずさみながら片付《かたづ》けていた。

「な、なに言い出すんだい？」

機材を投げ出して、ハーレイは転びそうな様子でフェリを見ている。

「いえ、さきほどの会話でそう思ったのですけど」

ニーナの錬金鋼《ダイト》を、彼女の意見をほとんど参考にしないまま不満もなく持たせるなんてそれほどの気持ちがないと無理なのではないだろうか？

「いや……まぁねぇ」

意外に素直《すなお》にそれを認《みと》めたことに、逆《ぎゃく》にフェリが驚いた。

「あ、でも昔の話だよ。昔の。いまは全然、そういう気持ちはないから」

「そうなのですか？」

「初恋《はつこい》っていうのかなぁ？　まぁ、当時知り合いだった女の子の中ではニーナは一番の美人だったし。いまは髪《かみ》も短くしたりしてるけど、あの頃《ころ》は長くて、服もちゃんとしてればお嬢様《じょうさま》って雰囲気《ふんいき》だったんだ。僕が通ってた初等学校の女の子たちとは空気が違うからね。初めて異性《いせい》を意識《いしき》した相手っていう意味では、そうなんだろうね」

「なんだか、とてもややこしくして誤魔化《ごまか》そうとしてますね」

「うっ……」

「では、いまは本当に違うんですか？」

「そうだね。あんまりニーナに異性は感じないね。まぁでも、幼《おさな》なじみなんてそんなもんじゃないのかな？」

「そうなのですか？」

「そうじゃないかなぁ。なにしろ、なんだかんだでずっと一緒《いっしょ》にいるじゃない？　異性としての当たり前の区別は別にして、それ以外ではあまり意識しないね。むしろ、そういう面を見させられるとちょっと引くかも」

「そんな……」

「異性の対象としては、もう見たくないって意味だよ。それぐらい近しい存在になったってことかな？　恋愛《れんあい》対象とは別の意味で。ニーナが女性であることを蔑視《べっし》したり軽視したりしてるわけじゃないからね」

「はぁ……」

理解《りかい》できたようなできないような、微妙《びみょう》な気分でフェリは頷《うなず》くしかなかった。

一般的《いっぱん》な幼なじみとは、そういうものなのだろうか？

「他《ほか》の人たちがどうかなんてよくわからないけどね。でも、ニーナってああじゃない？　僕はもう、ニーナのああいう姿《すがた》を見慣《みな》れちゃったし、あれがニーナだと思うから、彼女が彼氏の前で女の子らしくしてたりとかする姿はあまり見たくないって思っちゃうんだよね」

「……それはつまり、これ以上深い関係になるつもりはないという意味ですか？」

「男女の関係という意味ではそうだね。友人とか、武芸者と錬金鋼技師《ダイトぎし》とか、そういう関係ならいくらでもいいけど」

この感覚がハーレイ特有のものなのか、それとも異性の幼なじみを持つ者に共通される概念《がいねん》なのか、幼なじみのいないフェリにはわからない。

「あまり、参考にはなりませんでしたね」

ニーナとハーレイ。そしてレイフォンとリーリン。同じ幼なじみだが、結局は別の人間同士ということなのか。

レイフォンはよくわからないが、少なくともリーリンは幼なじみという関係以上を望む気持ちがあるように思う。

むしろ、それがなくてはわざわざグレンダンからツェルニまで来ることはなかっただろう。

その点を考えていると、フェリはリーリンに対して負けたような気持ちになってしまうのだ。

自分にはたして、そこまでのことができるかどうかという問いが生まれてしまうのだ。他人のために危険《きけん》な旅に出ることができるのか？　追いかけることなんてできず、無事に帰ってくることを願ってしまうのではないか。そう考えてしまう。

そして、そう考えた時、自分はリーリンに負けたという気持ちになってしまうのだ。

素直にそれを認めたくはないけれど。

このまま自分の気持ちに虚《むな》しさを加えたくはないけれど。

負けたくないという気持ちはあるけれど。

「……それはともかくとして」

一人の帰り道、フェリはぼそりと呟《つぶや》く。

しかしだからといって、この状態《じょうたい》を歓迎《かんげい》しているわけではない。

どうにかしなくてはいけないだろう。

だが、どうすればいいのか？

機嫌《きげん》を直すというだけならなんとかなるだろうか？

しかしそれでは、リーリンが目的を果たせない。彼女の気持ちを解決しなければならないだろう。

それにもう一つ、ハーレイは気になることを言っていた。

「ああ、そうだ。レイフォンが錬金鋼《ダイト》の調整に熱心ではないのには、たぶん、もう一つ原《げん》因《いん》があると思うんだ」

「なんですか？」

ニーナとの関係を説明したことに気恥《きは》ずかしさがあったのだろう。逃《に》げるように、そんな話題を振《ふ》って来た。

「以前にね、レイフォンに急場しのぎのプロトタイプを渡《わた》したことがあって、それが許容《きょよう》量《りょう》を超《こ》えて爆発《ばくはつ》しちゃったんだ。まぁ、それは本当に急造《きゅうぞう》だったからしかたないんだけど」

「はぁ……」

「でね、壊《こわ》れた錬金鋼《ダイト》をチェックしてわかったんだけど、あの時のレイフォンは普段《ふだん》の時よりも剄《けい》の最大放出量が上がってたっぽいんだよね。たぶん、なれない化錬剄《かれんけい》を使ったせいでコントロールが甘《あま》くなったんだと思うけど」

それがどうしたというのだろうか？　フェリにはよくわからない。

「つまり、レイフォンは普段から剄の量に気を付けてるってことだよ。剣《けん》や刀だけじゃない。鍊金鋼《ダイト》の素材《そざい》そのものがレイフォンは不満なはずなんだ。複合鍊金鋼《アダマンダイト》でもだめなんじゃないかな？」

おかげで僕たちは、新素材の研究にテンションを上げられてるんだけど……ハーレイはそう締めくくった。

レイフォンが化け物じみた強さだということはよくわかっている。

そしてそれに、天剣授受者《じゅじゅしゃ》がなぜ天剣を持たなければならないのかという理由も加わってしまった。

「本当に、どうすればいいのでしょう」

フェリはため息を吐《つ》いた。

†

ここにも、ため息を吐く者が一人。

キッチンから聞こえてくる包丁の音に鋭《するど》い怒《いか》りを感じるようで、ニーナは食堂で立ち尽《つ》くしていた。

中ではリーリンが夕食を作っている。彼女がやってきてからは、ほぼこの寮《りょう》の食事担当《たんとう》はリーリンとなっている。そのことで寮長であるセリナは彼女の寮費を減額《げんがく》するように交《こう》渉《しょう》し、成功したという話だ。

とにかく、キッチンにはリーリン一人。

話をしたかったのだが、ニーナはなんとなくこれ以上近づけなくて食堂をうろうろとする。

リーリンの言い分が間違《まちが》っているとは思えない。

だが同時に、レイフォンの言い分にも納得《なっとく》してしまうものがある。

レイフォンは育ててもらった養父の技《わざ》を汚《けが》さないために、刀を握《にぎ》ることを止めた。その決意を、グレンダンから追い出されたのでなしにしますというのは都合がよすぎると思うのだろう。

その考えはわかる。

だが、レイフォンの養父は彼の過去《かこ》を許《ゆる》し、こうしてリーリンがやってきている。

その気持ちを不意にすることもできない。

レイフォンは不思議な人間だ。ニーナの及《およ》ばない実力を持ち、それなのにニーナよりも恵《めぐ》まれない環境《かんきょう》で育ち、ニーナでは決して出せない結論《けつろん》で戦い続けた。

彼がもっとも精神的《せいしん》につらかったのは、汚染獣《おせんじゆう》との戦いではなく、天剣授受者という地位の重圧《じゆうあつ》でもなく、ただ、孤児院《こじいん》のために手を汚しながらも、そのことを自分で裏切《うらぎ》りだと感じていた点ではないだろうか。

不正が発覚した時、そのことを孤児院の皆《みな》に責《せ》められた時、レイフォンはなにを考えていたのだろう？

わかってもらえなかった失望か？　怒《いか》りか？

そして、リーリンはなにを考えていたのか？

「なにしてるの？」

考え事をしている間に、支度が終わってしまったようだ。彼女の料理をする速度にはセリナも舌《した》を巻《ま》いていた。

「あ、いや……あの……」

「あのこと？」

口調はどこかサバサバとしていたが、表情《ひようじよう》は硬《かた》く、無理をしているのがありありとわかってしまった。

「う……む」

「どうしようかな？　あの馬鹿《ばか》は……」

その言い方には怒りと疲《つか》れがある。

「あいつにもあいつの言い分があるとは思うんだ」

「そんなことはわかってるわよ」

食器を並《なら》べ始めるリーリンを手伝う。レウは帰って来ているが自室にいる。おそらく自習か読書かのどちらかだろう。熱中するとなにも見えなくなるのが彼女だ。セリナは遅《おそ》くなるとホールの伝言板に書いてあった。三人分の食器を広いテーブルに配置する。大盛《おおも》りのサラダをニーナが中央に置き、さらにシチューの入った大鍋《なべ》を運ぶ。リーリンは朝に焼いておいたパンを焼き直し、これも籠《かご》にいれてテーブルに置きに行く。

「でも、それじゃあレイフォンは本当に……」

「リーリン？」

言葉が途切《とぎ》れ、ニーナは振《ふ》り返った。

リーリンの体が斜《なな》めに傾《かたむ》いていた。

咄嗟《とっさ》に、ニーナはシチューの大鍋を捨《す》て、リーリンを受け止める。鍋の落ちる音、パンがテーブルから床《ゆか》へと転がる。

「リーリン!?」

腕《うで》の中で彼女はぐったりとしていた。その顔からは血の気が去り、思わず息を呑《の》んでしまうほどに生気のない白さとなっている。

わずかに開いた唇《くちびる》から洩《も》れるのは荒《あら》い息のみ。

「リーリン!?」

ニーナは強く呼《よ》びかけた。


その後、物音を聞きつけたレウに食堂の後始末を頼《たの》み、病院へと急いだ。

リーリンは入院ということになった。病室のベッドで点滴《てんてき》を受けるその寝顔《ねがお》を眺《なが》めているると、静かな怒りが湧《わ》き上がるのをニーナは感じた。

だからいま、ニーナは病院を飛び出し、そこに向かっている。

力を持たなければならない。

レイフォンはもっと力を持たなければならない。

ここしばらく、ずっとニーナはそのことを考えていた。

リーリンが来た時から、そのことを考えていた。

マイアスでのことを忘《わす》れていたわけではない。

サヴァリスが来るのだ。

天剣授受者《てんけんじゆじゆしや》が。傭兵団《ようへいだん》の代わりに、グレンダンは廃貴族《はいきぞく》を手に入れるために天剣授受者を差し向けたのだ。

ただそれだけであるのなら、そして廃貴族をなんの犠牲《ぎせい》もなく捕獲《ほかく》する方法があるというのであれば、ニーナもカリアンも、そして他《ほか》の誰も反対はしないだろう。むしろ喜んで差し出すに違いない。

いや、自分一人の犠牲ですむのならそれもいいかもしれない。

だが、どうなるかわからない。ディンのことがある。

そしてサヴァリスの目的はそれだけではない。

レイフォンと戦う気なのだ。どういうつもりでそうなのか？　障害《しょうがい》になるから戦うのか？　それとも……

強くならなければならない。

リーリンが来てから、ニーナはずっとその時がいつ来るのかと緊張《きんちょう》していた。今日か、明日か……そんなことを考えている間に、いつの間にか三ヶ月も経《た》っていた。拍子抜《ひょうしぬ》けさせられるような時間の経過《けいか》だが、ニーナの心にはまだ不安が残っている。

レイフォンと同じ実力を持つ武芸者《ぶげいしゃ》が、彼と戦うためにグレンダンからやって来たのだ。勝てるという保証《ほしょう》はどこにもない。

強くならなければならない。

だが、ニーナにはその方法がわからない。

自分よりも強い相手の、なにをどうすれば強くできるのか？　零《ゼロ》から始めるわけではない。すでに百に達している相手に、十にしか届《とど》かない者が百一になる方法を考えるようなものだ。

素直《すなお》に教えてしまえばいいのかもしれない。

だが、どうしてそれを知ったかを聞かれた時、どう答えればいいのか？

夢《ゆめ》のお告げだとでも言えばいいのか？

マイアスでのことをどう伝えればいいのだ？

ニーナはディックと関《かか》わったために、あんなことになった。理《り》不《ふ》尽《じん》な関わり方だ。謎《なぞ》だらけで、誰《だれ》かに相談したい気持ちがある。

だが、相談したためにその人物までもあんなことに関わってしまうようなことになるのだとしたら？

そんなこと、できるわけがない。

どこまでなら許《ゆる》されるのか？　それがわからない限《かぎ》り、なにもしないという選択肢《せんたくし》を選ぶしかない。

特に、レイフォンは。

戦うことを望まないのに戦わざるを得ないレイフォンを、あんなよくわからない戦いに巻《ま》き込《こ》んではいけない。

しかし……

ニーナはその手で昇降機《しょうこうき》のボタンを押《お》し、地下へと降《お》りていく。

ツェルニの機関部。

今日はバイトの時間ではなかったが、中にいる職員《しょくいん》たちはニーナに気軽に声をかけてくるだけだった。適当《てきとう》にそれらを流しつつ、レイフォンを捜《さが》す。

夏季帯に入ったことで、機関部の中もいつにも増《ま》して暑かった。湿度《しつど》が高くなっているのだ。ただ歩いているだけで額《ひたい》に汗《あせ》が浮《う》いてくる。

むっとする空気の中を進む。

いた。

今夜は、かなり中枢《ちゅうすう》機関に近い場所にいた。

一人でモップを握《にぎ》り、立ち尽《つ》くしている。意識《いしき》的にサボっている様子ではない。なにかの考えに我《われ》知らず耽《ふけ》っているようだ。

「レイフォン」

「え？」

ニーナの言葉で、レイフォンが驚《おどろ》いた顔でこちらを見た。

「隊長？　どうして？」

「リーリンが倒《たお》れた」

「……え？」

レイフォンは茫然《ぼうぜん》としていた。

「長旅に加えて、環境《かんきょう》の変化から来る疲《つか》れだろうと、今夜はとりあえず入院するとのことだ」

「そ、そうですか」

レイフォンの顔が青ざめ、体を震《ふる》わせた。

それなのに、すぐに病院に向かおうとしない。

「行かないのか？」

「僕《ぼく》は……」

「なぜ、あれを受け取らない？」

あのことがあるから、レイフォンはいま躊躇《ちゅうちょ》している。ニーナにはそう感じられた。

「聞いていたでしょう？　僕は養父さんを裏切《うらぎ》ったんです。それなのに、受け取れるわけないじゃないですか」

「本当に、そうなのか？」

「そうですよ」

「本当は、彼らに怒《おこ》っているからじゃないのか？　なにをいまさらと……」

「そんなこと、あるわけないじゃないですか！」

レイフォンの手にしていたモップの柄《え》が音を立てて折れた。乾《かわ》いた音が、機関部の轟音《ごうおん》の中で響《ひび》き、かき消されていく。

モップの残骸《ざんがい》を握り締《し》める手が震えている。

「隊長は、知らないからそんなことが言えるんだ！　養父さんが、僕たちのためにどれだけのことをしてくれたか……」

「なら、どうしてその気持ちを無視《むし》するんだ」

こちらまで感情的《かんじょう》になってはいけない。この間の喧嘩《けんか》を見ていてニーナはそう思った。いや、普段《ふだん》のリーリンならそれぐらいはわかっていたはずだ。だが、あの時は自分の感情を感情のままに吐《は》き出したかったに違《ちが》いない。

それだけの気持ちを抱《だ》いて、リーリンはツェルニにやってきたのだから。

「お前の養父《ちち》は自分の間違えを認《みと》めた。なのに、どうしてお前はそれを受け取らない。それは、お前が養父の気持ちを無視しているということなんだぞ」

「そんなことは……そんなことはわかってます」

レイフォンが地面を見つめる。

そのうなだれた姿《すがた》にニーナは手を伸《の》ばした。

「わたしは、お前に強くなってほしい」

「隊長」

「お前がこの先どんな選択をするのかわからない。だけど、グレンダンに戻《もど》らないのなら、まだ、少しの間武芸者《ぶげいしゃ》でいてくれるのなら、少しでも強くなってほしい。リーリンの言っていることは正しいんだ。ここはグレンダンじゃない。お前の背中《せなか》を、わたしは守ってやれない。今のわたしでは、お前には追い付けない」

「…………」

レイフォンはなにかを言おうとした。だが、それは言葉にならなかった。

その目に、ニーナは自分の失敗を悟《さと》らざるを得なかった。

なぜ、失敗したのかはわからない。

（どうしてだ？）

その目を見て、ニーナは衝撃《しょうげき》を感じた。

（なぜそんな……）

捨《す》てられたような目をする？

「レイフォン……わたしは……」

「隊長には…………」

それ以上、レイフォンは言葉を出せなかった。

ニーナの横をすり抜《ぬ》けていく。

「待てっ！」

だが、レイフォンの足は止まらなかった。

そして、ニーナはそれを追えなかった。

折れたモップだけが、そこに残された。

†

「ぐっ」

重い一撃《いちげき》に、ゴルネオはその場に膝《ひざ》をついた。

深夜だ。この時間に練武館を使用している者はいない。第五小隊の占有《せんゆう》する空間にだけ明かりが満ちている。しかし、外壁《がいへき》に接《せっ》していないこの空間の光が外に漏《も》れることはなかった。

「まだまだ甘《あま》い。外に出て少しは甘い性格《せいかく》が抜けたかと思ったけど、その程度《ていど》かい？」

胃《い》の中身をぶちまけそうな苦痛《くつう》に、ゴルネオは床《ゆか》に転がって丸くなりたかった。だが、その声はそんな彼に優しさを与えてはくれなかった。

「まだ……」

痙攣《けいれん》しそうな喉《のど》を震わせて、かすれた声を絞《しぼ》り出す。

「そうそう、それぐらいの意地は見せてくれないと」

痺《しび》れる体に無理やり力を入れ、上を向く。

そこに兄の姿がある。

サヴァリス・クォルラフィン・ルッケンス。

なぜ、兄がここに？

最初、突然《とつぜん》兄が部屋に現《あらわ》れた時、混乱《こんらん》した。天剣授受者《てんけんじゅじゅしゃ》として、グレンダンの守護者《しゅごしゃ》として都市の外に出るなど考えられない人物のはずなのだ。

しかし、サヴァリスは実際《じっさい》にゴルネオの目の前にいる。

その目的は廃貴族《はいきぞく》の捕獲《ほかく》だという。

ばかばかしい。ゴルネオはそう思った。廃貴族のことは知っている。だがあれは、武芸者の願望によって作り上げられたただのおとぎ話だ。

そんな、兄のような超越的《ちようえつ》な武芸者がそのためにグレンダンから出てまで欲《ほ》しがるようなものでは……

そう思っていた。

だが、サヴァリスは言うのだ。

「これはね、女王陛下《へいか》の命令なんだ」

ならば、信じるしかない。

天剣授受者さえもはるかに凌駕《りようが》する女王が言うのであれば信じるしかない。

愕然《がくぜん》とした気持ちはあるが、納得《なつとく》するしかないのだ。

女王とは、そういう存在《そんざい》なのだ。

そして信じれば、色々と疑問《ぎもん》に思っていた部分になんとなく理解《りかい》が生まれても来る。

廃都での第十七小隊の不可解《ふかかい》な報告《ほうこく》。

第十小隊の突然の解散。

解散原因《げんいん》となった対抗《たいこう》試合の不可解さ。

その時期に現《あらわ》れた傭兵団《ようへいだん》。

そして、ツェルニの謎《なぞ》の暴走《ぼうそう》。

その全《すべ》てに廃貴族が絡《から》んでいるのだとしたら？

だとすれば、廃貴族という存在は都市にとって毒だ。特にツェルニの暴走に関与《かんよ》しているのならば。

そして、もしかして……と思う。

グレンダン。

あの危険《きけん》な地域《ちいき》を放浪《ほうろう》し続ける狂《くる》った都市。その原因が、実は廃貴族にあるというのならば？

グレンダンは、女王は、なんのために廃貴族を必要としているのか？

しかし……

その衝撃《しょうげき》的な再会《さいかい》から三ヶ月。

「さあ、いつまでふらふらしているつもりだい？」

この兄は、三ヶ月もなにをしているのだろう？

立ち上がり、それでも荒《あら》くなった息を止められないまま兄を見る。常《つね》に笑《え》みを浮《う》かべているような顔は、グレンダンで別れた時のままだ。あの時よりも少しだけ老けたように見える。ツェルニに来てからすでに五年も経《た》っている。兄の容貌《ようぼう》に歳月《さいげつ》の積み重ねを見てもおかしくない時間の隔《へだ》たりだ。同じようなことを、きっとサヴァリスも思っていることだろう。

いや、むしろ五年前の自分を覚えていなかった可能性《かのうせい》もあるのだが。

しかしそれでも、サヴァリスは時々ゴルネオの前に現れては、こうやって訓練を施《ほどこ》してくれる。定期的にではない、二日三日、間を開ける時もあれば一週間も姿《すがた》を見せない時もある。

そして、姿を見せない時にはなにをしているのか、話そうとはしない。

おそらく、寝床《ねどこ》はサリンバン教導《きょうどう》傭兵団の放浪バスを利用しているのだろう。この前のマイアスとの武芸《ぶげい》大会では、なにやら画策《かくさく》をしてレイフォンと団長のハイアが一騎《いっき》打ちを演《えん》じていたそうだが、あれにもサヴァリスが関係しているのだろうか？

だとすれば、サヴァリスはレイフォンと戦うつもりだろうか？

「しっかり頼《たの》むよ。帰ってきたら、とりあえずお前を師範《しはん》代として道場に据《す》えるつもりなんだから」

「なっ⁉」

その言葉に、ゴルネオは絶句《ぜっく》した。

「まぁ、五年も実戦を積めば親父《おやじ》の後も継《つ》げるとは思うけど」

「そんな、待ってください。いきなり師範代なんて……おれよりも実力のある人たちは他《ほか》にも。パーセルさんや、デルニッツさんだって。それに、ルッケンスの武門を継ぐのは

「……」

「その二人ならもう師範代になってる。後、ゴルがいた頃《ころ》に師範代だった連中、半分は死んだよ」

「そんな……」

あまりにもあっさりと、サヴァリスは身内の死を告げる。ガハルドの時もそうだった。いまと同じように、そのことを告げたのだ。

あっさりと、ゴルネオの心情《しんじょう》など考慮《こうりょ》した様子もなく。

「まったく、どれだけ鍛《きた》えても死ぬのは一瞬《いっしゅん》だ。刹那《せつな》の世界の住人だね、僕たちは」

「兄さん」

「まぁ、それが楽しくもあるのだけどね」

その姿に、ゴルネオは背筋《せすじ》が冷たくなった。

サヴァリスは……兄は……このイキモノは、ゴルネオとは違《ちが》う景色を見て生きているようにしか思えない。

グレンダンにいた時の自分が蘇《よみがえ》った。

誰《だれ》もが天剣授受者《てんけんじゅじゅしゃ》としてサヴァリスを尊敬《そんけい》の目で見る中、ゴルネオだけは違った。

ただ、恐《おそ》ろしかった。

なんだか別のイキモノが人間の真似《まね》をしてそこにいるような、兄を見ているとそんな不安が湧《わ》いてきて止まらないのだ。

「兄さん！」

震《ふる》えをかき消すためにゴルネオは大声を上げた。

「武門を継ぐのは、兄さんだ。そんなの当たり前じゃないか」

「それは無理だよ。僕は女という生き物にまるで興味《きょうみ》が持てないからね」

「なっ!?」

「ああ。別に同性に興味があるというわけじゃないよ。ただ、性というものに僕はなにも感じないんだ。検査《けんさ》したことはないけれど、もしかしたら僕には子種がないかもしれないね。

子をなせない当主なんて、据えたら不幸だよ」

さらりとそんなことを告げる兄に、弟はなにを言えばいいのか。

「だから、僕には戦いしかないんだよ。戦いのみが僕を高揚《こうよう》させてくれる。ああ、つまらない！　だというのに、あのレイフォンの怠惰《たいだ》ぶりはどうだろう？　期待していたというのに。廃貴族《はいきぞく》が暴走《ぼうそう》してくれていると思ったのに。グレンダンの強さを、その一片《いっぺん》でも垣《かい》間《ま》見ることができると思ったのに！」

天を仰《あお》ぐ兄を、ゴルネオは茫然《ぼうぜん》と見守る。

「なんてつまらない！　なんて平穏《へいおん》なんだ！　くそっ！　グレンダン以上に最上の場所なんてこの世にはないのか？　リンテンスさんがグレンダンに辿《たど》り着いたのは、まさしくそうなるしかなかったってことか！」

兄の憤《いきどお》りがゴルネオには理解《りかい》できない。

強いものと戦いたい。汚染獣《おせんじゅう》であろうと武芸者であろうと。それは、ゴルネオがグレンダンにいた頃から変わらないサヴァリスの姿勢《しせい》だ。道場に通う他の者たちはそんなサヴァリスの態度《たいど》を天剣授受者として当たり前の上昇志向《じょうしょうしこう》だと受け取っていた。

だからこそ、サヴァリスは特別なのだと。

しかし、そんなイキモノと家族として過《す》ごさなければならないゴルネオにとっては、兄の存在《そんざい》は不気味でしかなかった。武芸者として強くならなければならないのはわかるのだが、兄の感情にはそれ以上のものがある。

あらゆるものを無視《むし》して、ただ戦いの中に飛び込んでいきそうな、そんな、まるでグレンダンそのもののような狂気《きょうき》を感じてしまうのだ。

だから、ゴルネオはこの兄が恐ろしい。

天を仰《いか》いで怒りをわめき散らしていたサヴァリスだが、視線を下ろした時にはすでに気分が切り替《か》わっていた。

「さあ、そうなるために、少なくとも奥伝《おくでん》七十二は修《おさ》めてもらわないとね。絶理《ぜつり》の一はそれを修めてから決めよう。秘奥《ひおう》はまぁ、自分で努力してもらうとして」

呼吸《こきゅう》は、いつの間にか整っていた。

構《かま》えも、いつの間にか。

「君がグレンダンに帰ってくるとなると、あの娘《むすめ》も付いてくるのかな？」

「え？」

到《けい》は走り、戦闘《せんとう》態勢に入りこんだまさにその瞬間の、その言葉。

シャンテの顔が脳裏《のうり》に浮《う》かんだ。

「隙《すき》あり」

サヴァリスの手加減《てかげん》された拳《こぶし》が、ゴルネオの鼻を打った。

†

ヘルメットが床《ゆか》に叩《たた》きつけられ、砕《くだ》けた。

グレンダンの下部にあるランドローラー用のゲートで待機していた医療班《いりょうはん》たちは、破壊《はかい》の音に混入《こんにゅう》された怒りの気配に自らの役目を忘《わす》れて立ち尽《つ》くすしかない。

吹《ふ》き荒《あ》れる勁が、彼女の長い髪《かみ》を持ち上げる。

足を支《ささ》えるコンクリート製《せい》の床が不可解《ふかかい》な傷《きず》を生んでいく。カウンティアの体から溢《あふ》れる勁が即座《そくざ》に衝勁《しょうけい》へと変化している証拠《しょうこ》だ。

噛《か》みしめた口から血の筋が溢れだした。その前にゴツリという重い音を側《そば》にいたリヴァースは聞いた。奥歯が砕けたのだろう。

「このわたしが……」

砕けた奥歯を吐《は》きだし、カウンティアがうめく。

スーツはぼろぼろだ。初撃《しょげき》の超《ちょう》高速でまずあちこちが引き裂《さ》け、そして二撃三撃と放つ度《たび》にスーツの崩壊《ほうかい》は広がっていった。動きを阻《そ》害《がい》しない極薄《ごくうす》の汚《お》染物質遮断《せんぶつしっしゃだん》スーツというカウンティアの要請《ようせい》は、スーツの強度自体を引き換《か》えにして実現《じつげん》されている。

こうなるのは自明の理だ。

しかし、普通《ふつう》のスーツを着ていたとしても遅《おそ》かれ早かれこうなる。彼女の防御《ぼうぎょ》を考えない激烈《げきれつ》な勁は、それだけの余波《よは》を生み出す。

そのため、カウンティアの戦闘には制限《せいげん》が定められている。

十撃。

それ以上技《わざ》を放てば、スーツが完全に崩壊する。

いま、カウンティアの体はあちこちがむき出しになり、汚染物質による侵蝕《しんしょく》が肌《はだ》を黒く焼き続けている。医療班たちはカウンティアに処置《しょち》を施《ほどこ》したいが、吹き荒れる剄が止まない限《かぎ》り近づくこともできない。

「カウンティア……ティア、もういいから。終わったよ」

リヴァースがカウンティアの周囲で吹き荒れる剄の波を恐《おそ》れず近づく。彼の硬《かた》いスーツの表面でなにかが弾《はじ》ける音がするが、スーツにもヘルメットを外した大頭にも傷《きず》は生まれない。

「終わった？」

いっぱいに見開いた目がリヴァースを見下ろす。血走った目には怒りが燃《も》え盛《さか》っていた。

「なにが？　戦闘が？　それともわたしの存在意義《いぎ》が？」

「ティア」

「それとも、勝てもしないこんな歪《いびつ》なわたしなんて、やっぱり天剣授受者《てんけんじゅじゅしゃ》なんて無理だったとでも？」

「ティア！」

リヴァースの手がカウンティアの手に触《ふ》れた。

「僕《ぼく》たちは、ちゃんと勝ったよ」

「狩《か》ってない。狩れてないじゃない！」

その手は震《ふる》えている。怒りのためか？　自責《じせき》のためか？

彼女の極度の攻撃性《こうげきせい》は、他者だけでなく自身にすら及《およ》んでしまう。

「狩れてはないけど、グレンダンにはもう近づかないよ。それなら僕たちの勝ちだ。僕たちはグレンダンを守ったんだから」

「そんなこと……!!」

怒鳴《どな》ろうとして、カウンティアは息を呑《の》んだ。リヴァースの目に宿る真摯《しんし》さが、彼女の怒《いか》りを吸《す》い取る。

「う、うー。う〰〰〰〰〰〰〰〰〰〰っ!!」

カウンティアが立ち尽《つ》くして唸《うな》る。だが、剄の放出は止まった。医療班が彼女の周りを取り囲み、処置を施しながら医務室《いむ》へと案内していく。

「御苦労さん」

とぼとぼと医務室へと向かうカウンティアの背《せ》を見送るリヴァースに、声がかかった。

そこに立っているのはカウンティアにも負けない長身の男だ。

リヴァースはその男を見上げて尋《たず》ねた。

「トロイアットさん。どうでしたか？」

「刀自《とじ》はあいつが逃《に》げ出しているってさ。嘘吐《うそつ》きにならなくてすんだな」

トロイアットの言葉に、リヴァースはほっとした顔を浮かべた。カウンティアに言ったのは咄嗟《とっさ》の言葉で、なんの確証《かくしょう》もなかったのだ。

「後詰《ごづめ》に行けって言われたがね。おれじゃあもう追い付けんよ。バーメリンならなんとかなるだろうが、あいつはこの間のことでへそを曲げてるからな」

奥《おく》の院への侵入者《しんにゅうしゃ》を撃退《げきたい》するために臭《くさ》い思いをしたバーメリンは、あれからずっと自分の家にこもっているらしい。

「リンテンスの旦那《だんな》は逃げる相手になんぞ興味《きょうみ》もない。晴れてあいつは名付きになるというわけさ」

名付き。グレンダンとの戦いを切り抜《ぬ》けた老生体。

「確《たし》かに強力でした」

まじめに頷《うなず》くリヴァースだが、その体には砂《すな》ぼこり以外には目立った傷も汚《よご》れもない。カウンティアを守るためにあの巨大《きょだい》な老生体の牙《きば》を受け、一撃を全身で受け止めたというのに、だ。

「お前が言うと説得力がなくなるな」

「そ、そんな」

「ま、我《わ》がグレンダンが誇《ほこ》る最強の騎士《きし》様だ。それぐらいはやってくれないとな」

その時、カウンティアの消えた通路から騒《さわ》ぎが聞こえた。

「ほら、お姫様《ひめさま》が騎士を呼《よ》んでるぜ」

「あ、はい。それじゃあ……」

トロイアットに一礼し、リヴァースはどたばたと走っていく。

そんな彼の姿《すがた》を、長身の美青年は目を細めて見守った。

「あー、おれも初々《ういうい》しい恋人《こいびと》欲しいね。ベッド限定《げんてい》はもう飽《あ》きたわ」

そう呟《つぶや》き、ふと、トロイアットは首を傾《かし》げた。

「いや、それはおれが悪いのか？」

そんな結論《けつろん》すらもばかばかしくなり、頭を掻《か》きながらその場を後にした。

## 03　想

居心地《いごこち》が悪い。

ここ数ヶ月の気分がすべて吹《ふ》っ飛んだ。マイアスとの武芸《ぶげい》大会以降《いこう》はたいした騒動《そうどう》もなく平和に過《す》ごしていたというのに、いきなりだ。

途方《とほう》に暮《く》れたいのはレイフォンだって同じなのだ。

（ああ、どうしよう。勝手に抜け出しちゃったなぁ）

ニーナとのやり取りで湧《わ》いてきた怒りはすでに冷めている。むしろバイトを勝手に抜け出したり、ニーナに怒鳴ったりした罪悪感《ざいあくかん》が胸《むね》を突《つ》き、人気のない路地をとぼとぼと歩く足音が寂《さび》しさを募《つの》らせてたまらない。

このまま寮《りょう》に帰ってもいいのだが、なんだか、ニーナが寮まで追いかけて来そうな気がしたので、帰るに帰れない。

いや、来ないとは思うのだけど……

とぼとぼと寮近辺の地区を歩いていると、地上に明かりが見えた。虫のようにレイフォンはその光に誘《さそ》われる。

そこは自販機《じはんき》の集合設置《せっち》場所だった。居住区《きょじゅうく》の各地にこういう場所がある。ドリンクだけでなく、お菓子《かし》からインスタントの食料品、洗剤《せんざい》等も売られている。屋根があるだけで、風は簡単《かんたん》に吹き抜けていく。夜更《よふ》かしをする連中がよくこの場所にたむろしているのだが、今夜はその姿もない。レイフォンは近くにあるベンチに腰《こし》をかけた。

「はぁ……」

長いため息を吐《つ》く。それで体内にとどまった嫌《いや》な気分が抜け出してくれればいいのだが、そんなことは決してない。

刀を握《にぎ》れという。

サイハーデンの流儀《りゅうぎ》を継《つ》いでもいいということだ。

養父が許《ゆる》してくれた。

これほどうれしいことはない。

うれしくないはずがない。

幼少《ようしょう》の頃《ころ》。

物心がつき始めた、思い出そうとしても断片《だんぺん》的な映像《えいぞう》ぐらいしか出てこない小さな頃。

覚えているのは道場で素振《すぶ》りをする養父の姿だ。

上半身を晒《さら》し、気合いの声もなく黙然《もくぜん》と木刀を振りまわしている。木刀といっても中には鉄が埋《う》め込《こ》まれており、本物の錬金鋼《ダイト》と同じ重さが再現《さいげん》されている。

養父が木刀を振り下ろすたびに空気が震《ふる》え、小さなレイフォンはそれに打たれてその場に尻《しり》を付いた。泣くことはなかったと思う。

ただ、針金《はりがね》を寄《よ》せ集めたような養父の筋肉《きんにく》が木刀を振るたびに動くさまを見、そしてその周囲に揺《ゆ》れ動くなにかを見続けていた。

それが剄《けい》だとはまだわからなかった。

素振りを終えた養父が、レイフォンを見、笑った。他《ほか》に道場に人はいなかった。この頃の道場はほとんど閉鎖状態《へいさじょうたい》にあり、通ってくる者は数えるほどしかいなかった。その彼らも他の道場との掛《か》け持ちで顔を出さない日の方が多い。

養父は、すでに一線から退いていた。

持ってみるかとレイフォンに言った。この孤児院《こじいん》で武芸者はお前だけだ。いずれ錬金鋼《ダイト》を握り、グレンダンの民《たみ》を守る立場になるのだからと。

武芸者の意味もわかっていなかった。

養父の木刀を両手で受け取る。汗《あせ》の染《し》み込んだ木刀は、やはり重かった。再《ふたた》び尻もちを付きそうになるのをこらえる。

木刀の柄《つか》を握り、思いっきり振りあげようとして、それさえもできずに前のめりに転げる。

養父が笑いながらレイフォンを抱《だ》き上げてくれた。

泣きそうになっているレイフォンに、養父は言ったのだ。

「心配するな。お前が大きくなるぐらいまでは、お前たちは私が守ってやる。その後はお前の番だ」

その日から、レイフォンは刀を握ることを心に決めていたのだ。

養父のようになりたいと思っていたのだ。

うれしくないはずがない。

一度はもう握れないと思った刀を、養父が握るように言ってくれているのだから。

だが、自分がした過去《かこ》をそれで清算できるはずがない。

天剣《てんけん》の名を汚《けが》し、グレンダンの民を裏切《うらぎ》り……そんなことはレイフォンにとってはどうでもいいことなのだけれど、それによってサイハーデンの刀術《とうじゅつ》までが汚れてはいけない。

幼《おさな》いレイフォンたちを守ってきてくれた養父を汚していいわけではない。

レイフォンが剣を握り戦うことで、最初はサイハーデン流に目を付けていた武芸者《ぶげいしゃ》たちも、レイフォンと決別していることをそれとなく知ることになった。

そのため、一度は入りきらないほどの道場生を獲得《かくとく》していたが、次第《しだい》に元の寂《さび》しさを取り戻《もど》していくことになった。

そのことに罪悪感《ざいあく》を覚えなくもないが、これでよかったとも思う。彼らはレイフォンが天剣授受者《じゅじゅしゃ》になったという事実だけを頼《たよ》りにサイハーデン流を習おうとしていた。

だが、そんな考えではサイハーデン流の戦い方は身につかないとも思っていた。当時のレイフォンは朧《おぼろ》にしか知らなかったが、他の都市で名を売るサリンバン教導傭兵団《きょうどうようへいだん》の中核《ちゅうかく》をなしているのはサイハーデン流を修《おさ》めた武芸者だし、その名声はグレンダンにも流れてきていたようだ。

まさか、団長が養父の兄弟弟子《でし》だとは思わなかった。

その話を聞いて入門する者もいたが、彼らはやはり道場に来なくなる。

「しょせんは、傭兵に教える戦い方だ」

一人が、そんな捨《す》て台詞《ぜりふ》を残して辞《や》めていった。レイフォンはとても悔《くや》しい思いをした。

彼はどうしただろう？

一度、公式試合で出会ったような気がする。その後は知らない。生きているのならグレンダンで戦っているだろう。

うか？

　そしてそうならば、サイハーデンの教えが間違《まちが》っていなかったと知ることになっただろうか？

　レイフォンがサイハーデンを捨てたのは、その教えを嫌《きら》ったからだと言う者もいた。さすがは天剣授受者、正統《せいとう》であると見当違いの褒《ほ》め方をしている者もいた。腹《はら》は立ったが無《む》視《し》した。無視するしかなかった。

　戦いとは、すなわち生き残ること。

　卑怯《ひきょう》、未練など戦いで吠《ほ》えるのは間違いだ。生き残らなければ戦えず、生者の腕《うで》でなければなにも守れない。

　死者はただ土に還《かえ》るのみ。

　なにが間違っているというのか？

　戦いのその瞬間《しゅんかん》にいる者は、みんなその考えに囚《とら》われているはずだ。それなのに、いざ戦いの場から離《はな》れると、同じ武芸者でさえサイハーデンの教えに顔をしかめる。

「言いたいことはわかるが……」

　そう言って、口を濁《にご》す。

　そうじゃないと、レイフォンは言いたい。正しさを正しさとして正面から受け止めることで、初めて冷静になれるのだ。極限《きょくげん》状態でその考えに囚われれば、愚《おろ》かな暴走《ぼうそう》に至《いた》るしかない。

だからこそ、普段《ふだん》からそのことを胸《むね》に置き、戦うのだ。

生きたいと。

その気持ちまで捨てたわけではない。ただ、刀を握《にぎ》らなくともサイハーデンの教えはレイフォンの胸の中で生きている。

足音が近づいてきて、レイフォンは顔を上げると慌《あわ》ててキャッシュカードを探《さが》し出し自《じ》販機《はんき》の前に行く。

足音はここに向かって来ているようだった。こんな夜中にベンチでうなだれているなんて危《あぶ》ない人だ。そんな気恥《きは》ずかしさがレイフォンを自販機の前に立たせている。

「……なにをしてるんですか？」

ジュースの自販機の前でなにを選ぶか考えるポーズをしていると、そう声をかけられた。

「え？」

フェリだった。こんな夜中だというのにきっちりと私服を着ている。

「フェリこそ、こんな時間にどこに行くんですか？」

「どこにも、ちょっと本を読んでいたらこんな時間になってしまい。小腹が空いてしまったもので」

「え？　でも……」

「パジャマで外出なんてありえません」

フェリはそう言い切ると自販機から手早く、ジュースとお菓子を選んで買った。

そのまま帰るかと思ったのだが、フェリはテーブルのあるベンチを選ぶと、そこでお菓子の封《ふう》を開けた。

「フェリ？」

「ついでです。ちょっとお話ししていきましょう」

「あ、はい」

頷《うなず》き、レイフォンは慌《あわ》てて自販機のボタンを押《お》した。押したのがホットドリンクだと、缶《かん》を掴《つか》んだ時に気づいた。

「フォンフォンは、どうしても受け取りたくないんですか？」

「……やっぱり、その話ですよね」

フェリにも同じことを聞かれ、レイフォンは少々うんざりとした気分になった。

「隊長ですか？　まぁ、あなたの気分はわからなくもありませんが」

「はぁ」

「しかし、当然の疑問《ぎもん》でもあります。許《ゆる》されたいと思っているだろうに、それを拒《こば》むなんて簡単《かんたん》に納得《なっとく》できる話でもありませんから。それに、リーリンさんはわたしたちに話を聞かせました。それはわたしたちにも判断《はんだん》して欲《ほ》しいという意味だと思います」

「…………」

「わたしは、持つべきだと思います」

「どうして、ですか？」

「あなたが戦うからですよ」

フェリは缶の表面の結露《けつろ》を指で撫《な》でた。

「あなたが武芸者《ぶげいしゃ》はもうやめる、戦わないというのであれば、あの中身は受け取らない方がいいと思います。それはきっと、あなたにとって未練になってしまうから」

未練。

その言葉に、レイフォンは苦い気持ちになった。違うと言いたい。だけど、錬金鋼《ダイト》を握る自分に違和《いわ》感がないのも事実だ。最初は生徒会長に脅《おど》されるような形だったし、抵抗《ていこう》もしたけれど、いまはこのままでもいいかと思っている。

それは、ニーナや第十七小隊のみんなと戦うことに不満を感じないからだろう。

カリアンへの嫌悪《けんお》もいまはない。ニーナが行方《ゆくえ》不明になり、ツェルニが暴走した時、戦《せん》闘能力《とうのうりょく》のないカリアンは知性《ちせい》を持つ強力な老生体、ハルペーと真っ向から交渉《こうしょう》の場に立った。

あの時、レイフォンはニーナとは別の意味でツェルニのために戦うカリアンの姿《すがた》を感じた。尊敬《そんけい》すらしてしまった。

「でも、これからも、いえ、汚染獣《おせんじゅう》と戦うことをこれからも選ぶのであればあなたは刀を持つべきです」

「僕《ぼく》はべつに刀を持たなくても……」

十分にやれる。

「でも、あなたが握っているのは天剣《てんけん》というものではなくて、普通の錬金鋼《ダイト》です。不十分なのではないですか？　あなたにとっては？」

「う……」

否定《ひてい》できない。天剣ではない錬金鋼《ダイト》では、レイフォンの全力の剄《けい》を受け止めることはできない。そのことを、いままで誰《だれ》にも喋《しゃべ》っていない。初めての苦労ではないからだ。天剣を授《さず》かる前も、同じような苦労をしていた。

誰が気づいたのだろう。

「隊長になにを言われました？」

「な、なんですかいきなり？」

「あなたがいじけてるような気がしましたし、隊長もおそらく、わたしと同意見だと思います。あなたがなにを言われて、そんな風になったのか知りたいです。不本意ですが、わたしが補足《ほそく》しないといけないのでしょう」

「い、いじけてなんか……」

そうは言ったが、そんな気分であることも否《いな》めない。

いじける……いや、ニーナの言葉に怒《いか》りを感じたのはどの部分だったか…………？

そうだ。

『お前の背中《せなか》を、わたしは守ってやれない』

こんなことを言われたからだ。

みんなで強くなろうと言ったのに。

「そんなことは、当たり前じゃないですか」

「ええ!?」

いま、鼻で笑われた気がした。

「あなたは自分の実力がどんなものかわかっていて、そんなことを言っているのですか？」

「え？　いや、それは……」

「むしろあなたは、隊長に謝《あやま》るべきだと思います」

「どうして……」

「聞きましたよ。マイアスの戦いで、最後にフラッグを折ったのはあなたなんでしょう？」

「あ、はい」

マイアスとの戦い。フェリを誘拐《ゆうかい》され、レイフォンはハイアとの一騎《いっき》打ちを演《えん》じなければならなかった。ニーナたちは潜行《せんこう》部隊としてフラッグを奪取《だっしゅ》するために向かっていた。

それぞれが、それぞれの役目を完璧《かんぺき》にこなせば、それでよかった。

結果は、ツェルニの勝利に終わった。

「ハイアは決して楽な相手ではなかったでしょう。仮《かり》にも名の知れた傭兵集団《ようへいしゅうだん》の長《おさ》だったのですから。あなたを除《のぞ》けば、ツェルニで彼に勝てる武芸者は存在《そんざい》しないでしょうね。そんな相手と戦いながら、あなたは隊長たちの手助けをしたのです」

そこまで言われて、レイフォンはなにを言いたいのかわかった。

「……もちろん、その原因《げんいん》はわたしが誘拐されたことにあるのですから、それは申し訳《わけ》ないと思っています」

「そんな、フェリが悪いわけじゃ……」

むしろ、悪いのはレイフォンの方だ。

ハイアがレイフォンに拘《こだわ》ったのは、レイフォンが同じサイハーデン流だったからだ。いわばこれは同門同士の身内争いのようなもので、フェリはそれに巻《ま》き込まれた形でしかない。

そして、武芸大会で勝つことを目的としてカリアンはレイフォンを武芸科に引き入れた。それを果たせないことへの後ろめたさもあった。

決してハイアを侮《あなど》っていたわけではない。その証拠《しょうこ》が、左腕《ひだりうで》の傷《きず》だ。

「その左腕の傷も問題です」

「そんな……」

「あなたは、例えばわたしや隊長があなたのために怪我《けが》をしたとわかって、平静でいられますか？」

「う……」

「あなたは強い。ハイアとの戦いのさなかに隊長の手助けができるほどに。あなたの背中を守るなんて、わたしたちにできるはずがないんです。わたしは念威繰者《ねんいそうしゃ》ですから隊長ほどにはそうは思っていませんが、しかし、前線で戦う隊長の気持ちはもっと強いでしょう。いざという時にあなたを助けることができないかもしれない。そう考えて自分を責《せ》めたとしてもおかしくありません。そしてそのためにレイフォンにどうなって欲《ほ》しいか。どうして欲しいか。考えられませんか？」

「……刀を持っても、錬金鋼《ダイト》の問題は片付《かたづ》きませんよ」

「それでも、あなたには刀だからこそもっとできることがあるはずです」

それは、そうなのだけれど。

「あなたが、たとえ百分の一でも億分の一でも、それで生き残る可能性《かのうせい》が上がるというのであれば、わたしはあなたに刀を持ってほしい」

「そんな確率《かくりつ》に意味なんてないですよ。死ぬ時は死にます。僕はそれを何度も見てきた」

それは、言葉で追い込まれていることに対するささやかな抵抗《ていこう》のつもりだった。

だが次の瞬間《しゅんかん》、フェリがこちらを見たかと思うと、立ち上がってその右手を振《ふ》るった。

避《よ》けることはできた。

だけどそれよりも、その瞬間に浮《う》かんでいたフェリの表情《ひょうじょう》に呑《の》まれた。頰《ほお》がやや紅潮《こうちょう》し、目尻《めじり》がつり上がり……それはまさに、誰が見ても怒《おこ》った顔だった。

頰で音が弾《はじ》ける。

「あなたにはわからないでしょう」

やや息の荒《あら》い声でフェリは言った。自分が興奮《こうふん》に踊《おど》らされていることに戸惑《とまど》っているような声だった。

「自分がなにもできないと気付かされた時のみじめさなんて、あなたにはきっとわからない」

ベンチから立ち上がったフェリは、そのまま去っていく。

「……ほら見たことか」

一人残されたレイフォンはそう呟《つぶや》いた。

なんの覚悟《かくご》もなく土壇場《どたんば》であがいたところで、愚《おろ》かな失敗しか待っていないんだ。

こんな時にはただ逃《に》げ出すしかないんだ。

だが、逃げ場がないことをも承知《しょうち》しているのだとすれば、どうすればいいのだろう?

†

気が付くと夜だった。

病院にいることはすぐにわかった。ただ、どうして自分がここにいるのかを思い出すのに、少しだけ時間がかかった。

「そっか、倒《たお》れたんだ」

意識《いしき》が遠のいていった時のことを思い出し、リーリンはため息を吐《つ》いた。

こんなことは初めてだ。

入院したのは初めてだが、お見舞《みま》いに来たのはそうではない。ツェルニに来た時のレイフォンもそうだし、グレンダンでも養父が汚染獣《おせんじゅう》に襲《おそ》われて入院してしまった。

ぼんやりと天井《てんじょう》を眺《なが》める。

自分が入院するようになるなんて、考えたこともなかった。

初めての旅、初めての外の都市。初めてだらけでそれでもがんばって、たまってしまった疲れが一気に出たのだろう。

腕には点滴《てんてき》の管が刺《さ》さっている。身動きもできず、不自由だなと思った。

「健康だけが取り柄《え》だと思っていたのにな」

呟き、リーリンは窓《まど》の向こうを眺《なが》めた。

ツェルニの夜景が広がっている。三ヶ月。見慣《みな》れてもおかしくない時間が過《す》ぎたのだが、いまだに違和《いわ》感がある。

空の色になにか違《ちが》いがあるだろうか？

街並《まちな》みには確《たし》かに違いがある。グレンダンはもっと無骨《ぶこつ》な感じだ。

夜の星に違いはあるだろうか？

人が違う。ここにはリーリンが進学した上級学校もなければ、シノーラ先輩《せんぱい》も仲良くなったクラスメートたちもいない。孤児院《こじいん》もなければ養父もいない。

レイフォンしかいない。

グレンダンからいなくなったレイフォンしかいない。

「……どうしようかな？」

途方《とほう》に暮《く》れた気分でそう呟くと、控《ひか》えめなノックの音がした。

病室の壁《かべ》に置かれた時計は、すでに深夜を示《しめ》している。こんな時間に誰が？　病院の人だろうか？

返事をためらっていると、ドアが開いた。横開きのドアが静かに開く。

「レイフォン……？」

廊下《ろうか》の非常灯《ひじょうとう》に照らされた姿《すがた》はレイフォンのものだった。

「ごめん、起こした？」

「う、ううん」

慌《あわ》てて首を振り、ベッドの隣《となり》に立つレイフォンを迎《むか》え入れた。

「大丈夫《だいじょうぶ》？」

「うん、大丈夫だよ。疲《つか》れてたみたいだね」

「隊長が、過労《かろう》だって言ってた」

「やっぱり」

常夜灯だけの部屋ではレイフォンの顔もよく見えない。だが、その話し方から気まずそうな雰囲気《ふんいき》は伝わってきた。

どうするべきか？

あそこまで激《はげ》しい喧嘩《けんか》はしたことがない。いつもはレイフォンが怒《おこ》られ、リーリンが怒る役回りだ。レイフォンが謝《あやま》り、リーリンが許《ゆる》す側にいた。

さて、今回はどうだろう？

レイフォンが怒られる側なのは変わらないと思う。

だけど、リーリンは怒る側でいいのか？

あの日、レイフォンに養父から託《たく》された錬金鋼《ダイト》を渡《わた》そうとして断《ことわ》られた時、リーリンはひどく悲しくなった。レイフォンにグレンダンに置いて来たものは、もう必要ないと言われているような気になった。

帰ることのない旅へと出たレイフォンにとって、グレンダンとは取り返しのつかない過去として、もう清算がされているような気がしたのだ。

それは、レイフォンにとって正しいことのように思えたのだ。

帰ることができないのならば、割《わ》り切るしかない。

そのためには逆《ぎゃく》に、リーリンの運んできたこの錬金鋼《ダイト》は邪魔《じゃま》になるかもしれない。

「ねぇ、レイフォン。わたしは余計《よけい》なことをしたの？」

「そんなことはないよ」

レイフォンは弱々しく首を振《ふ》った。

「嬉《うれ》しかった。本当は嬉しかったよ。養父さんが許《ゆる》してくれたんだ。これ以上嬉しいことはないよ」

「じゃあ……」

「でも、持たないと決めたものをいきなり持っていいって言われても、ちょっと困《こま》る。

……気持ちの整理に時間がかかる」

「そっか……」

再《ふたた》び、沈黙《ちんもく》。

だけど、本当にそれだけなのだろうか？

疑念《ぎねん》は残る。

レイフォンは、グレンダンのことを忘《わす》れたい？

聞きたい。

聞いてしまいたい。

それを聞けば、リーリンの旅は本当に終わる気がする。言葉にしていない気持ちに従《したが》うか、そうではないか、それを決めることができるような気がする。

でも、口にしたのは別の言葉だった。

「ねぇ、レイフォンはツェルニに来て何回入院した？」

「え？」

「ニーナに聞いたの、レイフォン、何回も入院してるよね？」

入学して幼生体《ようせいたい》に襲《おそ》われた時、廃都《はいと》の探索《たんさく》での時、ツェルニの崩落《ほうらく》に巻《ま》き込まれた時、そしてハイアとの戦い。

四回。

「……うん」

「でも、グレンダンにいる時は入院なんて一回くらいしかしてないよね？　怪我《けが》はたくさんしたけど、入院までしたことなんてなかった」

その一回も、汚染獣《おせんじゅう》との戦いではなく、天剣《てんけん》になったばかりの頃《ころ》の練習での事故《じこ》だった。

「うん」

「ねぇ、ツェルニに来たとたん、どうしてレイフォンはそんなに怪我をしているか、わかってる？」

マイアスで、汚染獣が来ただけであんなにも人々が混乱《こんらん》していたのを見た時、わかった。

グレンダンがどれだけ異常《いじょう》な状態《じょうたい》にあるか。

そして、グレンダンがどれだけ安全であるか。

強力な武芸者《ぶげいしゃ》が都市にいるということは、その都市にとってとても幸運なことなのだ。

ましてや、グレンダンには天剣授受者《じゅじゅしゃ》という超絶《ちょうぜつ》的な技量《ぎりょう》の持ち主が、レイフォンを含《ふく》めれば十二人もいた。

これ以上、幸運な都市なんてどこにもない。

そしてそれは、当事者である天剣授受者にとっても幸運であったに違《ちが》いない。

なぜなら、自分に伍《ご》する武芸者たちが負担《ふたん》を分け合ってくれるからだ。

窮地《きゅうち》をただ一人に押《お》し付ける必要がない。自分が失敗しても、自分と同等の実力者が背後に控えている。

それはつまり、無理をする必要がないということだ。

もちろん、それ以外にも理由があるだろう。例えば、今のレイフォンは天剣授受者ではなく、天剣も持てない。レイフォンの全力に応えてくれる錬金鋼《ダイト》が存在《そんざい》しない。

そういう問題もある。

「うん」

レイフォンは短く頷《うなず》くだけだ。

わかっているのかどうなのか、それだけではわからない。だが、リーリンは焦《あせ》ることはなかった。

レイフォンから来てくれたのだから。

「そうだね。グレンダンでなら無茶《むちゃ》なことはしなくて良かった。自分の実力に見合った敵《てき》とだけ戦ってればよかった。天剣もあった。うん。リーリンの言う通り、あれ以上の錬金《ダイ》鋼《ト》には出会ったことがない」

レイフォンがぽつりぽつりと言葉を紡《つむ》いでいく。

「先生や、サヴァリスさんや、他の天剣の人たちもいた。あれ以上の環境《かんきょう》なんてたぶんないよ。たぶん僕《ぼく》は、武芸者として一番幸運な場所にいられたんだと思う。だからこそ今は、少しでも強くなる選択肢《せんたくし》を選ばないといけないんだって、わかってるんだ。刀を持つことだって選ばないといけない」

「それなら……」

「うん。わかってたんだ。本当にうれしかったんだ。僕は、やっぱりサイハーデン流の武芸者なんだよ。養父さんに許《ゆる》されたことほど、うれしいことはないんだ。

……ハイアが、羨《うらや》ましくてしかたなかった。当たり前のように刀を握《にぎ》って戦えるハイアが憎《にく》らしかったんだ」

ハイアというのがサリンバン教導傭兵団《きょうどうようへいだん》の団長だということは、もう聞いている。

「……ねえ、僕は本当に、刀を取ってもいいの？」

声には震《ふる》えがあった。

その時、リーリンはなぜ、レイフォンがすぐに受け取ろうとしなかったのかわかった。

（怖《こわ》かったんだ）

わかった時、リーリンの目から涙《なみだ》が溢《あふ》れてきた。

レイフォンは怖かったんだ。養父からの許しが嘘《うそ》ではないかと、疑《うたが》ってしまったのだ。

もしかしたらあの箱の中には錬金鋼《ダイト》なんてなくて、絶縁状《ぜつえんじょう》でも入っているとでも思ったのか。

もう一度、突《つ》き離《はな》されると思ったのか。

そんなこと、あるわけないのに。

だけど、レイフォンは一度、孤児院《こじいん》の皆《みな》から拒《こば》まれている。裏切《うらぎ》り者と、卑怯《ひきょう》者と。あの時は、養父もなにも言わなかった。慰《なぐさ》めの言葉も出なかった。

養父もショックを受けていたのだ。

「養父さんは言ってたわ。『自分は戦場から離れすぎた。道場で人に教えるようになって、いつの間にか自分も潔癖《けっぺき》さに囚《とら》われてしまった。サイハーデンは戦場の刀技《とうぎ》。生き残るための闘技《とうぎ》だということを忘《わす》れてしまっていた』って」

「養父さん……」

常夜灯《じょうやとう》の薄闇《うすやみ》の中、レイフォンの肩《かた》が震えているのがわかった。声は震えていた。上ずっていた。

リーリンの声も、いつの間にか震えていた。

「これから、より過酷《かこく》な道を行くレイフォンには後継《あとつ》ぎとかそんなことは関係なしに必要なものだから。もう、レイフォンにはなにも与《あた》えられないから。せめて自由を与えてやりたいって、なににも囚われないでほしいって」

リーリンの中で記憶《きおく》が蘇《よみがえ》った。

小さな、まだ養父からの訓練もちゃんと受けてなかった頃《ころ》のこと。

孤児院の庭先で、道場から勝手に持ち出した木刀を手に素振《すぶ》りをしようとする姿《すがた》だ。重さと遠心力に負けてふらふらになりながら、一所懸命《いっしょけんめい》、養父の真似《まね》をするレイフォンをリーリンは眺《なが》めていた。

「楽しい？」

そう聞いた。まだ、武芸者《ぶげいしゃ》と一般《いっぱん》人の区別ができていなかった。武芸者は、がんばってなるものだと思っていた。

でも、院の男の子たちは画用紙や枝《えだ》なんかで作った剣《けん》で暴《あば》れまわり、リーリンたち女の子の遊びを邪魔《じゃま》するので、武芸者は嫌《きら》いだった。武芸者に憧《あこが》れる男の子の気持ちなんて、少しもわからなかった。

レイフォンは、武芸者になりたいんだ。そう思った。

なんだ、やっぱり男の子か。

いつもはぼーっとしていてあまり他《ほか》の男の子たちの遊びに混《ま》ざろうとしないレイフォンも、やっぱり男の子なんだ。そう思うと、なんだか失望した。せっかく、お人形遊びに誘《さそ》おうと思ったのに……

「うん」

木刀の重さに負けて転びながら、レイフォンはこちらを見て笑った。

その笑《え》みがなんだかいつものレイフォンらしくなくて、きらきらしていたのをよく覚えている。

……その後、武芸者と一般人の区別を知り、レイフォンは武芸者なんだと知った。養父との訓練が始まり、レイフォンのための木刀も用意された。

その木刀がなんども壊《こわ》れてしまうのを見た。

ずっと、レイフォンが素振りをするところを見てきた。

そして、天剣授受者《じゆじゆしや》となった。

そして……そして、レイフォンはグレンダンを出、ツェルニにいる。

「嬉《うれ》しいんだ。本当に嬉しいんだ」

「うん……」

もう、目で確認《かくにん》しなくても、二人とも泣いているのは隠《かく》しようもなかった。レイフォンの涙の感触《かんしょく》が耳の側《そば》に伝わる。リーリンの涙が、レイフォンの首筋《くびすじ》に流れる。

抱《だ》き合ったのはどちらからだったか、そんなことはわからない。ただ、どちらともなく涙に力を奪《うば》われて、お互《たが》いで支《ささ》え合うように抱き合っていた。

良かった。

レイフォンは、グレンダンを捨《す》ててはいない。

過去を割《わ》りきっていない。

リーリンの存在《そんざい》を、もはや過《す》ぎ去ったものだと記憶の底に押し込《こ》めてなんかいなかった。

それが、たまらなく嬉しかった。

「わたしたちのことを、忘れないで」

「忘れるもんか」

涙で濡《ぬ》れた顔を間近で確認し合う。

当たり前のように、唇《くちびる》が重なった。

†

その時、アルシェイラはシノーラとして馴染《なじ》みのバーにいた。

「ん～？」

酒に酔《よ》った目で天井《てんじょう》を見上げる。ほとんど暗闇に隠れるくせに木造《もくぞう》の雰囲気《ふんいき》を重視《じゅうし》していて、天井には梁《はり》がある。それは煙草《たばこ》の脂《やに》や料理の油でほどよく年季の入った色に変化しようとしていた。

「どうかしたか？」

元は学生として同じ学び舎《や》にいたマスターは、シノーラのおかしな態度《たいど》に尋《たず》ねた。だが、彼女の奇行《きこう》はいつものことだ。質問《しつもん》以上の好奇心は感じなかった。

「ん～」

言葉にならない唸《うな》りでだけ答え、視線を戻《もど》す。

「退屈《たいくつ》そうだな。この間の子がいないからか？」

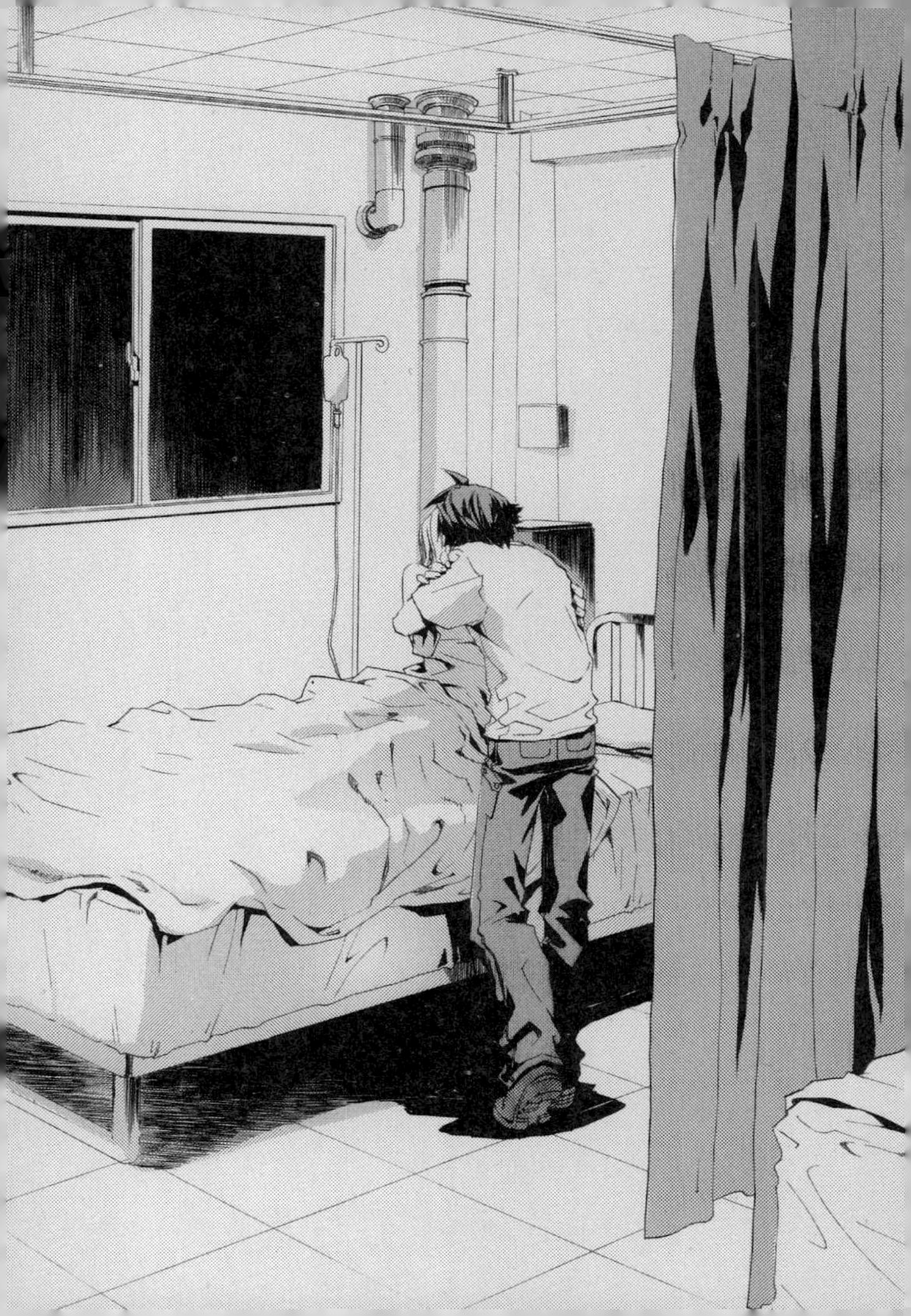

「そうよねぇ。やっぱり外に出すんじゃなかった。ああ、ストレス溜《た》まる〜〜〜〜〜」

「お前の変人ぶりには、ほとんどの奴《やつ》が逃《に》げ出すからな。美人なのに、もったいない」

「なにそれ？　口説《くど》いてる？」

「安心しろ、とっくに諦《あきら》めてる」

「ちぇー」

つまらなそうにカウンターに頬《ほお》を当てる。マスターは苦笑《くしよう》を残して、他の客のために作ったカクテルをグラスに注ぎ、シノーラの前から離《はな》れる。

そのまま居眠《いねむ》りしてしまいそうな恰好《かっこう》のまま、シノーラは再《ふたた》び「ん〜」と唸り、小さな声で呟《つぶや》いた。

「おかしいな、グレンダンの足の向きがずっと変わんないぞ？」

都市の移動《いどう》先だ。

当初、グレンダンはカウンティアたちが狩《か》り逃《のが》した老生体に向かって移動していた。そして、逃したとはいえ老生体は追い払《はら》ったのだ。通例として名前を付けないといけないのだが、まだそれはない。が、その問題はとにかくとして、いままでならばとりあえずでも決着を付ければグレンダンは進路を通常《つうじょう》のものに戻していたはずだ。世間で狂《くる》った都市と呼《よ》ばれようと、セルニウム鉱山《こうざん》の位置に従《したが》って動く自律型移動都市《レギオス》の基本《きほん》までは無視していない。

「逃《に》がした魚が大きかった？　いや、違《ちが》うと思うんだけどな～」

狩り逃したとはいえ、その戦いぶりは他の老生体よりも「まぁ、強かった」ぐらいのものしか感じない。グレンダンが目指し、女王が戦いを望む老生体はそんなものではないはずだ。

「……となると、この間の侵入者《しんにゅうしゃ》となにか関係あるかな？」

そこまで考えるとやはり気になる。シノーラはバーを出た。

バーメリンが知れば激怒《げきど》するだろうが、奥《おく》の院に至《いた》るにはもう一つルートがある。しかしこちらは代々のグレンダン王しか知らないルートだ。王様の特権《とっけん》ということで天剣《てんけん》たちにはこれからもなにかあれば臭《くさ》い思いをしてもらおう。不埒《ふらち》な侵入者は迷宮《めいきゅう》で潰《つぶ》されればいいのだ。

奥の院、その扉《とびら》に辿《たど》り着く。

ここに侵入者が辿り着いたのは、もう一週間以上も前か。すでに都市独自《どくじ》の修復能力《しゅうふくのうりょく》によって戦闘《せんとう》の残滓《ざんし》は残っていない。

酔った足取りのまま、シノーラは扉の前に立つ。扉にはその巨大《きょだい》な封《ふう》を開くための手がかりはない。ただ、繋《つな》ぎ目の浅い溝《みぞ》が縦《たて》に走り、その奥は隙間《すきま》なく塞《ふさ》がれている。パズルのような分子レベルの凹凸《おうとつ》によって組み合わされているのだ。試《ため》していないが、壊《こわ》すことはできるだろう。だが、シノーラでさえ開けることはできない。

この奥に、グレンダンの真の意思が眠っている。

この扉は、その眠りが覚めた時に開くのだ。

あの侵入者はなんのためにここに訪《おとず》れたのか？

バーメリンに任《まか》せずに、自分が来ればよかったか？

だが、その侵入者が狼面衆《ろうめんしゅう》に関係するのであれば、シノーラは直接《ちょくせつ》対決することはできない。自分までが向こう側に引かれては、アレと戦うことができなくなる。

そして、この奥の院を知る者といえば狼面衆である可能性《かのうせい》が高い。

「なんとも、不自由なこと」

呟きは、反響《はんきょう》もなく消えていく。

「なんか変化でもあるかと思ったけど、なんにもないわね」

変化があることを期待していただけに、シノーラは裏切《うらぎ》られた気持ちになった。

環境《かんきょう》と交配。この二つの奇跡《きせき》のような結果によってアルシェイラ・アルモニスという名の化け物が生まれた。そして天剣を持つべき者もはるかに高い質で揃《そろ》っている。

残念ながら十二人全《すべ》て揃うということはなかったが、これ以上の贅沢《ぜいたく》を望むのは間違いだろう。

それなのに、真の意思はその眠りから覚めることなく、この地域にいるであろうアレの下に導《みちび》きもしない。

一体、どういうつもりなのか？

「ここら辺で妥協《だきょう》しない？」

語りかけてみても、当たり前に返事はない。なくて当然ではあるのだが、この沈黙《ちんもく》が不気味でもある。

「ま、足のことはグレンダンに聞けばいいか」

思考を切り替《か》え、巨大な扉から背《せ》を向けると、現在《げんざい》、この都市の意思となっている廃貴族《はいきぞく》のことを考える。

そういえば、しばらく会っていない。

しかし、シノーラといえどそういつも会っているわけではない。この間はリーリンの危機《き》だったからだ。

彼女の危機にグレンダンが反応《はんのう》を示《しめ》した。

そうなるであろうことは、初めて出会った時からわかっていた。シノーラを見、涙《なみだ》を流す。彼女の瞳《ひとみ》に映《うつ》っていたものを見た時から……

あの時、運命の残酷《ざんこく》さを感じると同時に、これでついにシノーラが、アルシェイラ・アルモニスが待ちわびたものが訪れることになると思った。

時が来る。

グレンダンがグレンダンである理由が果たされる時が来ると思った。

そう、わかっていたのだ。アルシェイラと十二人の天剣授受者《じゅじゅしゃ》。それだけでは足りないのだ。

グレンダン王家が真に継《つ》がなくてはならないものが欠けていたのだ。

しかし、まさか……どうしてリーリンに、彼女にそれが表れたのか？

グレンダン王家を構成《こうせい》する三家から市井《しせい》へと血が流れていくのはそう珍《めずら》しい出来事ではない。グレンダンの歴史は長いし、三王家の庶子《しょし》たちに裕福《ゆうふく》な暮《く》らしをさせてやるほどの経済的《けいざい》余裕《よゆう》はない。

グレンダンの民《たみ》からあの力が現出したとしても、それは稀《まれ》な出来事ではあっても、異常《いじょう》な出来事ではない。

しかしなぜ……？　歯噛《はが》みしたい思いとともにシノーラはその疑問《ぎもん》を繰《く》り返し続けてきた。

「できれば、あの子には幸せになって欲《ほ》しいのに」

この世界に抗《あらが》うために武芸者《ぶげいしゃ》は存在《そんざい》する。なのになぜ、一般《いっぱん》人であるリーリンがそうでなければならないのか。

だからこそ、あえてシノーラはリーリンに都市の外に出るように促《うなが》した。

できれば、このまま帰ってこなければいい。レイフォンと、外の都市で幸せに暮らせばいい。

グレンダンにいれば、必ずリーリンは悪いことに巻《ま》き込まれる。

機関部へと向かっていたシノーラだが、奥《おく》の院の秘密《ひみつ》ルートからは一度王宮《おうきゅう》に戻《もど》らなければならない。その面倒《めんどう》さに迷宮《めいきゅう》に突入《とつにゅう》する誘惑《ゆうわく》に駆《か》られていたのだが、やはり王宮へと戻る道を選んだ。特権《とっけん》を利用して楽に移動《いどう》することが、なんとなくバーメリンへの嫌《いや》がらせのような気がしたのだ。人を年増《としま》のように言ったあの小娘《こむすめ》は不幸になれと即興《そっきょう》の歌を口ずさみながら王宮へ出る。

そこで、足を止めなければならなかった。

「陛下《へいか》」

通路は王の私室にあったのだが、そこから出るとカナリスが待ち構《かま》えていた。影武者《かげむしゃ》として常《つね》に王宮に控《ひか》える彼女は、女王の美貌《びぼう》を持ちながら、まるで影のようにその場に立っていた。

「どこに行かれていたのですか？　デルボネ様に尋《たず》ねても教えてくださらないし、捜《さが》しましたよ」

「女王の七つの秘密の一つよん」

「それはそれは」

冗談《じょうだん》めかして言うと、カナリスはため息で応《おう》じてくれた。予想通りで面白《おもしろ》くない。たまには食いついてきて欲しいものだ。残りの六つはなに!?　とか。

「それで、なによこんな夜中に？」

「一つ、報告《ほうこく》したいことがございまして」

「へぇ、なに？」

カナリスが差し出してきた一枚《まい》の書類に目を通す。

それは遺伝子《いでんし》鑑定《かんてい》の結果報告だった。

検査《けんさ》対象の名は記されていない。

だが、比較《ひかく》としてなのか、もう一つ描《か》きだされた配列表には名があった。

「どういうつもり？」

書類に視線《しせん》を落としたまま、シノーラ……アルシェイラは尋ねた。

「……陛下が学生として遊んでいらっしゃる時には、申し訳《わけ》ありませんがわたしには興味《きょうみ》ありませんでした。ですが、例の件《けん》以来、考えが変わりました」

「ふうん」

「なぜ、あんな娘の前にグレンダンは現《あらわ》れたのか？　汚染獣《おせんじゅう》がいたからか？　しかし、陛下はあの廃貴族《はいきぞく》を制御《せいぎょ》しているはずです。迂闊《うかつ》なことでは現れるはずがない。なにより、あの場所には陛下がいた。グレンダンよりも先にあの汚染獣を片付《かたづ》けることは可能《かのう》だったはずです。彼女に気付かれることなく。それなのに、グレンダンが先に彼女の前に現れた。まるで盾《たて》にでもなるかのように」

アルシェイラは視線を書類から離《はな》さない。

そこに記された名前を見続ける。

「わたしの興味はその時に生まれました。そして彼女の髪《かみ》を手に入れ、極秘にですが検査させていただきました。……結果はご覧《らん》の通りです」

カナリスにしてみれば、一般人の髪の毛を手に入れることはなんとも簡単《かんたん》な作業だっただろう。

そして、知ったのだ。

この女は。

「陛下、知っていら………っ！」

カナリスに最後までは喋《しゃべ》らせはしなかった。ここまで話させただけでも、十分すぎる。

「カナリス、わかっているわ。あなたが決して調子に乗っていないことは」

「あっ……かっ！」

その首を摑《つか》み、宙《ちゅう》に吊《つ》り上げる。天剣授受者《てんけんじゅじゅしゃ》である彼女がなにもできないままアルシェイラに首を摑まれ、首吊りの憂《う》き目にあう。

「ただ、あなたは役割《やくわり》に対して忠実《ちゅうじつ》なだけ。忠誠《ちゅうせい》なんてものはない。わたしが女王をやめれば、次の王の下で自らの役目を果たすでしょうね」

「あっ……うあっ……っ！　っ！」

じたばたともがく足を冷たい目で眺《なが》める。

このまま、殺してしまおうか？

そんな誘惑《ゆうわく》がアルシェイラを支配する。

この女は知ってしまったのだ。

三王家の末裔《まつえい》である彼女が知っていてもおかしくない事実を。その事実が彼女に該当《がいとう》することを。

「でも、あなたは今、わたしの下にいる。わたしの下でその役割を果たしている。ならば、わたしの望んでいないことをするべきではないと思わない？　早手回しがあなたの得意技《わざ》だけど、それがわたしの機嫌《きげん》を損《そこ》ねることを考えたことはないのかしら？」

「…………」

もはや声を発することもできないのか。もがく足の動きが徐々《じょじょ》に弱まっていく。

そこで、アルシェイラは手を離した。

「わたしがあなたたちを殺せないと思っているのなら、それはとんだ勘違《かんちが》いだと知りなさい。……次はないわよ」

「……申し訳、ありません」

返事をするカナリスの荒《あ》れた声に恍惚《こうこつ》の響《ひび》きがあることに、アルシェイラは顔をしかめた。

……わざとやっているのかしら？

書類をその手に握《にぎ》り潰《つぶ》し、アルシェイラは全《すべ》ての気が失《う》せて私室へと戻《もど》った。

握り潰した書類を衝勁《しょうけい》で一瞬《いっしゅん》にして粉みじんにし、床《ゆか》にばらまく。明日になれば侍女《じじょ》たちが片付けるだろう。修復《しゅうふく》不可能な紙切れに首を傾《かし》げながら。

その書類に印字された名前を思い出す。

ヘルダー・ユートノール。

三王家の一つ、ユートノール家の長男であった男。

アルシェイラの婚約者《こんやくしや》であった男。

その血がアルシェイラの中で混《ま》ざれば、リーリンの運命は自分の子にもたらされるはずだった男。

それなのに一般人《いっぱん》の女と駆《か》け落ちした、呪《のろ》わしき愚《おろ》か者。

「なんで、グレンダンに残したのよ。あの、馬鹿《ばか》……」

駆け落ちした年とリーリンの年齢《ねんれい》、時期が合う。そのことはわかっていた。

その可能性を考えなかったわけではない。

考えたくなかっただけだ。

# 04　混

サイレンがツェルニの空に響《ひび》き渡《わた》った。

接近《せっきん》を発見したのは早朝のことだ。

都市だ。

掲《かか》げる都市旗を調べた結果、それが学園都市ファルニールであることはすぐに判明《はんめい》した。

「またか……」

報《しらせ》を受けた時、カリアンはマンションのリビングで目覚めのお茶を飲んでいたところだった。一杯《いっぱい》のお茶を冷めない程度《ていど》に時間をかけて楽しむのは彼の数少ない嗜好《しこう》の一つだが、それを邪魔《じゃま》されても気分を害しはしない。すぐに非常事態宣言《ひじょうじたいせんげん》を発令させ、武芸者《ぶげいしゃ》たちの集結と一般生徒のシェルターへの避難《ひなん》を命じた。

呟《つぶや》いたのは、学園都市の名を聞いてからだ。

カリアンの頭の中には、過去《かこ》五回の武芸大会での戦績《せんせき》と、対戦相手の都市名が記憶《きおく》されている。

前回のマイアスといい、今回のファルニールといい……

「一度も戦っていない」

おかしなことだった。

自律型移動都市《レギオス》の移動範囲《いどうはんい》は、自身のセルニウム鉱山《こうざん》を中心とした移動範囲から大きく外れはしない。これは、都市民たちの常識《じょうしき》だった。

今期、ツェルニは所有鉱山が一つという状態《じょうたい》だった。

自然、ツェルニの移動範囲は狭《せば》まり、対戦経験《けいけん》のない学園都市ではなく、前回戦ったことのある都市になるだろうと推測《すいそく》していた。

だが、初戦の相手はマイアス。戦ったことのない相手だった。

可能性《かのうせい》としては、前期の武芸大会の結果、学園都市たちの移動範囲に大きな変動があったかもしれないということが考えられる。

もう一つは、前回のツェルニの暴走《ぼうそう》の末、本来の移動範囲内に戻る途中《とちゅう》でマイアスに出会ったということ。ファルニールも、その途中に出会った可能性がある。

「本当にそうか？」

だが、それだけでは納得《なっとく》できない。

二度もそんなことが起きるほど長い間移動をしていたか、という疑問《ぎもん》。今期の夏季帯への移行は確《たし》かに普段《ふだん》よりも遅《おく》れてはいたが、それは誤差《ごさ》の範囲《はんい》で片付《かたづ》けられるものでもある。

確証《かくしょう》はない。

ただの偶然《ぐうぜん》で片付けることもできる。

だが、それだけで片付けていい問題なのか？

ツェルニの生徒会長として、最高責任者《さいこうせきにんしゃ》として、この変化をどう受け取ればいいのか？

「とにかく、今は目の前の問題か」

未来を考えることによって目の前の障害《しょうがい》をないがしろにするわけにもいかない。カリアンは思考を切り替《か》えると、生徒会棟《とう》へ向かうため、あくまでもマイペースに準備《じゅんび》を進める妹を置いて、マンションを出た。

†

それよりもやや前、ニーナは寮《りょう》の玄関《げんかん》でレイフォンを迎《むか》えていた。

チャイムの音が鳴った時、幸いにもニーナはもう目覚めていた。

驚《おどろ》いていると、レイフォンはニーナに昨夜のことを謝《あやま》ってきた。そしてリーリンの部屋から錬金鋼《ダイト》を取ってきてくれと頼《たの》んできたのだ。

ニーナはそれに応《おう》じた。他人の部屋に無断《むだん》で入るのは気が咎《とが》めたが、リーリンの許可《きょか》は得ているという。

それはすぐに見つかった。夜だったとはいえ、一度は見たのだし見間違《みまちが》えはしない。それに、机《つくえ》の上に置かれていたのだから間違えるはずもない。

レイフォンに渡《わた》すと、彼はその場で布《ぬの》を取り箱を開け、中にあった錬金鋼《ダイト》を取り出した。

鋼鉄錬金鋼製《アイアンダイトせい》のそれは、握《にぎ》りの部分に柄糸《つかいと》が巻《ま》かれている。

「それが……？」

「はい。サイハーデン流免許皆伝《めんきょかいでん》の証《あかし》です」

懐《なつ》かしそうに柄糸の感触《かんしょく》を確かめると、レイフォンは庭へと出て錬金鋼《ダイト》を復元《ふくげん》させた。

目を瞠《みは》るような、きれいな刀だった。

刃長《はちょう》はレイフォンの腕《うで》ほど、幅広《はばひろ》く豪壮《ごうそう》で切っ先がやや伸《の》びている。刃文はのたれ乱刃《みだれば》、切っ先は火炎帽子《かえんぼうし》。

早朝の横なぐりの光を受けて刀身が輝《かがや》く。その透明《とうめい》さにニーナは目を細めた。

「すごいな」

輝きに目を奪《うば》われてしまい、声が上ずった。

「まじめに設定《せってい》を組みましたからね。この形になるのに、半年ぐらい何度も技師《ぎし》の所に通いました」

「そうなのか？」

「はい」

頷《うなず》いて、レイフォンは少しニーナから距離《きょり》を取って構えた。上段《じょうだん》に構《かま》え、素振《すぶ》りをする。

その感触になにを思ったか、レイフォンは構えを解《と》くと刀身を見つめて呟《つぶや》き始めた。

「もっと重くしてもいいかな。刃長ももう少し……長くなりすぎるから青石《サファイア》は脇差《わきざし》に変えて予備《よび》に回して、身を厚《あつ》くすれば鋼糸《こうし》の用量は維持《いじ》できるだろうし。この設定で簡易型複合錬金鋼《シム・アダマンダイト》を組み直して、複合錬金鋼《アダマンダイト》の方は……」

どうやら、いま持っている錬金鋼《ダイト》を全《すべ》て刀へと変えるつもりのようだ。

「……それは使わないのか？」

疑問を覚えて、ニーナは鋼鉄錬金鋼《アイアンダイト》を指差す。こんなにも見事な刀なのに、レイフォンは満足していない様子なのが不思議でならない。

「これももちろん設定をいじりますよ。でも、相性《あいしょう》からいえば鋼鉄錬金鋼《アイアンダイト》よりも青石《サファイヤ》や白金《プラチナ》の方がいいんですよね。これを持ってた頃《ころ》は、どうせ剄技《けいぎ》は満足に使えないんだからって、割《わ》り切って刃物としての性能を追求してましたし」

「そ、そうなのか？」

「ええ、それにこれって、僕《ぼく》が十歳《さい》の時に持ってたサイズですよ」

そう答えると、ニーナが驚いた顔をした。

「……嘘《うそ》だろう？　今のお前に、とても似合《にあ》っている大きさだと思うが」

「子供《こども》の時から大きめの刀を振ってましたからね。実を言うと、複合錬金鋼《アダマンダイト》はちょっと重すぎるだけで使いやすいんですよ。そういう意味では簡易型複合錬金鋼《シム・アダマンダイト》がちょうどいいですね」

啞然《あぜん》としているニーナに、レイフォンは説明を続ける。

「もちろん、このままでも使う分には不自由しませんけどね。でも、老生体辺りになってくると剄の通りが悪いのは不便ですし、振りに誤差《ごさ》が出てきますから」

そんなことを話している時に、サイレンが鳴り響《ひび》いたのだ。

「緊急招集《きんきゆうしようしゆう》？　都市が接近したのか？」

「みたいですね。訓練通りですし」

レイフォンが空を見上げ、次に都市の足を見た。

その向こうにあるはずの外の景色には、都市の姿《すがた》はない。

だが、近づいているはずだ。

「急いで支度《したく》する」

「僕はハーレイ先輩《せんぱい》の所に行きます。錬金鋼《ダイト》の調整をしてもらわないと」

「あ、ああ……」

「それじゃあ」

颯爽《さっそう》と走り去っていくレイフォンの姿をニーナは唖然と見送った。

「……変わったな」

それは劇的《げきてき》な変化だ。

武芸者《ぶげいしゃ》という生き方に対して受け身になっていたレイフォンが、前向きに行動している。

喜ばしいことだ。

ただ、急激《きゅうげき》な変わりように驚《おどろ》いてこそいるが、それはニーナにとっても、ツェルニにとっても喜ばしい変化のはずなのだ。

それなのに、なにか釈然《しゃくぜん》としない。

「リーリンとちゃんと話し合えたんだな」

この部分だ、おそらく。

そのことを純粋《じゅんすい》に良かったと思う反面、自分にはそれができなかったことに、ニーナは悔《くや》しさを感じている。

グレンダンで一度は挫折《ざせつ》したレイフォンを、自分たちがあんな風にしてやれなかった。

(いいや。わたしが、だ)

リーリンでなければ、それはできなかったのか？

自分には、無理だったのか？

「…………」

言葉にもできず、ニーナは黙《だま》って首を振った。胸《むね》に溜《た》まったなにかを吐《は》き出すように。

エアフィルターを突《つ》き抜《ぬ》けて射《さ》す朝日が鋭《するど》い。

今日は、暑い一日になりそうだ。

†

サイレンの音を聞きながら、レイフォンは走っていた。

軽い。軽いぞ。

動かす手足が、頭が、胴体《どうたい》が、なにもかもが軽い。全身に気力が満ち、目の前に広がるいつものツェルニの朝の風景に、いつもよりも瑞々《みずみず》しさを感じる。

原因《げんいん》は、わかっている。

右腕《みぎうで》に抱《かか》えた、布《ぬの》に包まれた木箱。

レイフォンは、走る。無人の道を走り続ける。

だが、原因はそれだけではない。

レイフォンという存在《そんざい》の片隅《かたすみ》にぼんやりと存在し、消え去ることのなかったものがついにはっきりと形を現《あらわ》したような感じだ。

幼《おさな》い時から知っていた。幾人《いくにん》かの似た年の子たちが養子として去っていく中、レイフォンとリーリンはずっと院の中で育ってきた。

去っていった子たちのほとんどは、それから院に顔を出すことはない。大きくなってから、養父たちの話し合いの末にそう決まっているのだということを知った。未練を持たないようにということらしい。だが、デルクが出て行った子たちを見放したという意味ではない。事実、問題が起きて戻《もど》って来た子たちもいるし、その時のデルクは断固《だんこ》たる態度《たいど》で親たちと戦った。

だが、小さなレイフォンたちにはそんなことはわからない。

いつもはそんな風には感じないのだが、そういう日だけは自分たちが取り残されたような気になる。一人、また一人と養い親が見つかって去っていく中で自分たちだけが取り残されていくような、そんな寂《さび》しさだ。

そういう日は、いつも二人で手を繋《つな》いでいた。

普段《ふだん》は強気でしっかり者のリーリンが、その日ばかりは弱気になる。手に汗《あせ》が浮《う》かんで気持ち悪くなっても決して放さず、強く握《にぎ》りしめ続ける。

寂しさを訴《うった》えてくる。

そんな時、レイフォンは思う。

自分は強くなければいけないと。強くなって強くなって、リーリンから離《はな》れなくてもいいようにしようと。

この手を離さないようにしようと。

その気持ちをいつの間にか忘《わす》れてしまっていた。グレンダンで起きた食糧危機《しょくりょうきき》によって塗《ぬ》りつぶされてしまったのだ。

だけどその気持ちはずっと息を殺して、レイフォンの内部に潜《ひそ》んでいた。

グレンダンにいる間、リーリンはずっと一緒《いっしょ》にいた。

レイフォンが天剣授受者《てんけんじゅじゅしゃ》を追われた時も、ずっと一緒にいてくれた。

迷《まよ》った時、リーリンの手紙が励《はげ》ましてくれた。

そして、レイフォンのためにツェルニにまで来てくれた。

この手を放さないために。

それなら、レイフォンもその手を摑《つか》まないといけない。

そのためには、まずこの戦場を切り抜ける。

サイレンはその呼《よ》び声。

木箱の中の錬金鋼《ダイト》を、そこに込《こ》められたデルクとリーリンの気持ちを手に、レイフォンは戦場に赴《おもむ》くために、走る。

†

学園都市ファルニールと接触《せっしょく》したのは正午を過《す》ぎてからだった。外縁部《がいえんぶ》のぶつかり合う音がツェルニ全体に響き渡《わた》る。

その揺《ゆ》れを、レイフォンは錬金《れんきん》科の研究棟《とう》で聞いた。

「……間に合った〜〜〜〜」

ほぼ同時に、ハーレイががっくりとイスに座《すわ》り込む。

「確《たし》かめてみてよ」

テーブルには復元状態《ふくげんじょうたい》の簡易型複合錬金鋼《シム・アダマンダイト》があった。

鋼鉄錬金鋼《アイアンダイト》の刀よりも長さが増《ま》している。黒い刀身の刃《は》の部分には星を散らしたような輝《かがや》きがあった。

「鋼鉄錬金鋼《アイアンダイト》の配合パターンを弄《いじ》って粒子状《りゅうしじょう》に散らしてみたんだ。これで切れ味が上がってるはずだよ」

ハーレイの言葉を聞きながら、その場で構《かま》えを取る。狭《せま》くはないが散らばった部屋では素振《すぶ》りまではできない。だが、腕《うで》に伝わってくる感覚にレイフォンは頷《うなず》いた。

「ばっちりです」

「そ、そう？」

レイフォンの笑顔《えがお》に、ハーレイはぎこちなく笑みを作った。

「まぁ、刃引き状態《じょうたい》にしないといけない武芸《ぶげい》大会だと関係ないんだけどね。でも、せっかく錬金鋼《ダイト》の複合展開《てんかい》のノウハウができ始めたところだから試《ため》してみたいっていうか……」

「それじゃあ、もういきますね。青石《サファイア》の方もお願いします」

「あ、うん」

ハーレイの返事を聞く暇《いとま》も惜しんで、レイフォンは研究棟の窓《まど》から外に飛び出した。

さきほどから、フェリの念威端子《ねんいたんし》が窓の外で待ち構えていたのだ。

「遅《おそ》いですよ」

端子はレイフォンの制服《せいふく》の胸《むね》ポケットに収《おさ》まって、主の言葉を伝えてくる。

「すいません」

「すぐに着替《きが》えてください。作戦は決まりました」

「どうするんですか？」

建物から建物へ。宙《ちゅう》を跳《は》ねながらレイフォンは尋《たず》ねた。

「……それよりも、昨夜のことを先に片付《かたづ》けましょう。すみませんでした」

「あ、いえ、そんな……僕の方が悪かったと思います。すいません」

「いえ。……刀を持つことにしたんですね」

「はい。フェリや隊長の言うことは間違《まちが》ってませんし、気持ちの整理も付きました」

「そうですか」

「あの、僕は本当に気にしてませんよ？　あの時は僕が悪かったと思いますし……」

フェリの声になんとなく暗さを感じて、レイフォンは慌《あわ》てた。

「そういうことではありません。気持ちの整理というのは、武芸者でい続けるという結論《けつろん》に達したということですか？」

「あ……」

レイフォンは息を呑《の》んで、すぐに次の言葉が出てこなかった。

「どうなんですか？」

フェリの声は冷たい。

それはもしかしたら、裏切《うらぎ》られたと思っているのだろうか？

「いえ、そこまでは……」

刀を、サイハーデン流を使う許《ゆる》しを得たことに舞《ま》いあがって、そのことを忘《わす》れていた。

いや……

忘れていたということは、レイフォンにとって武芸者でいることの辛《つら》さというのは本当の自分の技《わざ》を使えないことに対する精神《せいしん》的負担《ふたん》もあったのかもしれない。刀を封《ふう》じて戦ってきたというのにうまくいかなかった。

刀を握《にぎ》っていたからといって、グレンダンのことがうまくいっていたとは到底《とうてい》思えないけれど、それでも武芸者をやめようと考えたことには関係していたはずだ。

「なんだか、とてもあなたらしいですね」

「……馬鹿《ばか》にしてます？」

「事実でしょう」

「う……」

確かに、目の前のことしか見えてない。

フェリの冷たい断言《だんげん》に二の句《く》も継《つ》げず、レイフォンは練武館に辿《たど》り着いた。

更衣《こうい》室《しつ》に入る前に胸ポケットから端子がすり抜ける。レイフォンは急いで着替えた。

外縁部《がいえんぶ》に辿り着いたのは、それからすぐだ。

「すいません」

「いや、間に合ったからいい」

フェリの案内でニーナの所に辿り着いたレイフォンは、状況《じょうきょう》を確認《かくにん》した。

すでに生徒会長同士の協定確認が行われている。

「あれ、あの人は……？」

生徒会長たちのすぐ側《そば》に大人の男がいることに気付いて、レイフォンは首を傾《かし》げた。

「学園都市連盟《れんめい》の大会派遣員《はけんいん》だ」

「へぇ、あの人が」

灰色《はいいろ》のスーツを着た、三十代後半ほどの男だ。

学園都市連盟。学園都市の間で情報《じょうほう》、人材の偏差《へんさ》が生まれないよう管理し、同時に学園都市から誕生《たんじょう》した情報の売買を担当《たんとう》する組織《そしき》。

「ファルニールにはいたらしいな」

「武芸大会の時には、いるものなんですか？」

「そのようだな。前回の時にはツェルニにも来ていた。放浪《ほうろう》バスの都合からか、全《すべ》ての都市にはいないようだが」

「へぇ……」

改めて男を見る。

武芸者《ぶげいしゃ》だ。剣帯《けんたい》を腰《こし》には巻《ま》いていない。だがおそらくあの制服《せいふく》の下にはあるはずだ。左《ひだり》脇《わき》に不自然な膨《ふく》らみがある。あれが錬金鋼《ダイト》だろう。

体の動きに一分の隙《すき》もない。かなり練達の実力者のように見える。

学園都市連盟というのは、あんな武芸者をたくさん抱《かか》えているのだろうか？

（……まぁいいか）

しかし、それはいま関係ない。

思考を切《か》り替え、レイフォンは外縁部に並《なら》ぶファルニールの武芸者たちを見た。学生武芸者。実力はどうだろう？　さすがに集団《しゅうだん》の実力を推《お》し量《はか》ることは難《むずか》しいけれど、整然と並ぶその姿《すがた》に、なんとなく自信があるように見えた。もしかしたらすでにどこかと戦って勝利しているのかもしれない。

それは最近か？　それとも……

勢《いきお》いは怖《こわ》い。ツェルニもマイアスとの戦いに勝利しているが、それは三ヶ月も前のことだ。すでに実感を失っている連中もいるに違いない。

「隊長、僕《ぼく》たちの配置はどうなってるんですか？」

「ん？　ああ、今回は外縁部前線、第一陣《じん》だ。潜入《せんにゅう》部隊はゴルネオの隊が引き受けることになっている」

「そうですか……」

「どうかしたのか？」

考え込むレイフォンにニーナが尋《たず》ね返してくる。

「ちょっと、相談があるんですけど」

「どうした？　なにか作戦があるのか？」

「作戦ってほどじゃないですけど……」

「ん、なんだ？」

「ええと……」

近くにいたダルシェナも興味《きょうみ》を持って顔を近づけてくる。レイフォンは小声で二人に告げた。

二人が、目を丸くした。

「……いいのか、それ？」

「でも、基本《きほん》ですよね？」

「まぁ、確《たし》かにそうだが……」

ダルシェナが納得《なっとく》できない顔で金髪《きんぱつ》の螺旋《らせん》を弄《いじ》った。

「しかし、それはあくまで個人《こじん》戦でのことだろう？」

「大丈夫《だいじょうぶ》ですよ、たぶん」

レイフォンは笑って頷《うなず》いた。

「戦いの気分なんて、一人でも多くてもたぶんそんなに違《ちが》いませんから」

「確かに今回のわたしたちの配置は、初撃《しょげき》で相手の意気を挫《くじ》くことにあるんだが……」

呟《つぶや》き、ニーナはしばらく考えるとレイフォンに尋ねた。

「やれるんだな？」

「苦手ですけど、でも、タイミングの問題ですから」

それで、ニーナは頷いた。

「お前の苦手は当てにならない。それでいこう。ダルシェナ先輩《せんぱい》は先陣をお願いします。わたしとレイフォンは二番手で突《つ》っ込む。その方が良いだろう？」

「そうですね」

「よし、任《まか》せておけ」

決まれば割《わ》り切りの早いダルシェナは大きく頷いた。

「さて、後は勝つだけだ」

ニーナのその力強い言葉に、レイフォンは笑顔《えがお》を浮《う》かべた。

そう、後は勝つだけだ。

†

その時、ディックはようやく長い眠《ねむ》りから目覚めた。

「……さすがに、連続で大けがすると治りが遅《おそ》いな」

気を失った場所である大木の枝《えだ》でずっと眠り続けていたのだ。ディックは枝の上で立ち上がると、軽く柔軟体操《じゅうなんたいそう》をして動きを確かめた。

「問題はないか」

バーメリンに受けた傷《きず》は完全に回復《かいふく》したようだ。

「やれやれ、左足は完全に炭化《たんか》していたぞ？　それが寝《ね》ているだけで治るかよ」

自分の体に起きた変化に、いまさらながら皮肉な気分になったディックは唇《くちびる》の端《はし》を引き上げて笑う。

しかし、こんな大けがを連続でするのは久《ひさ》しぶりのことでもあるので、それもしかたないのかもしれない。

こんな体になって十数年が経《た》った。だが、体感した時間の長さはそれ以上だ。オーロラ・フィールドを、その中に形成された電子精霊《せいれい》連結システム……縁《えん》を辿《たど》り、狼面衆《ろうめんしゅう》と戦い続けた年月だ。

年を取らなくなったのはいつからだ？

人間から、武芸者《ぶげいしゃ》から、自分はすでにかけ離《はな》れた存在《そんざい》となってしまったのか？

ディックは、強欲《ごうよく》都市ヴェルゼンハイムに住んでいたただの生意気な坊主《ぼうず》だったディクセリオ・マスケインは、あの日に出会ったあの二人のようになってしまったのか？

あの二人は、一体どうしてしまったのか？

それを確かめることも、ディックのいまの目的ではある。

だが、それよりもやらなくてはならないことがある。

ディックの故郷《ふるさと》を、強欲都市ヴェルゼンハイムを崩壊《ほうかい》に追い込《こ》んだアレを追いかけなくてはならない。

そのためにグレンダンにある奥《おく》の院に潜入しようとしたのはこれで二度目だ。一度目も手痛《ていた》い歓迎《かんげい》を受けて追い返され、そして二度目もこの様だ。

天剣授受者《てんけんじゅじゅしゃ》とはとことん相性《あいしょう》が悪い。ディックとは違う。普通《ふつう》の武芸者としてあの実力を得ている。実力を完全に活《い》かすことのできる天剣の存在あってのことだというのはわかっているのだが、それにしても、ディックの常識《じょうしき》を無視《むし》している。その常識も、ディックが生意気な坊主だったころのものだが。

「……そういえば、ここにも〝元〟が住んでいたな」

思い出し、ディックはまた苦い顔をする。

ここで出会ったあの少女は、やはり巻き込まれていた。狼面衆の洗礼《せんれい》を受け、オーロラ・フィールドに引き込まれやすい体質《たいしつ》に変化してしまっていた。

いや違う。

抵抗力《ていこうりょく》が落ちてしまったという方が正しいか。

「どっちだっていい」

いまのこの世界からしてみればどちらでも構《かま》わない程度《ていど》の問題だ。

この世界でまともな人生を送っていた一人のまじめな少女を、自分の戦いに巻き込んでしまった。

そのことは、強欲都市で生まれ育ったディックにしても心を痛ませる。

「なんとかしてやらねばなるまいよ」

この都市でなにかが起きる。

だからこそ、ディックは強欲都市以後に世話になったツェルニに何度も飛ばされているはずなのだ。

その中心に、あの少女がいる可能性《かのうせい》は高い。

なによりあの少女は、廃貴族《はいきぞく》を手に入れてしまっているのだから。

それが意味することとは……つまり、自分と同じ道筋《みちすじ》を辿ることになる可能性があるということに他《ほか》ならないのだから。

†

生徒会長同士の協定確認《かくにん》が終わり、握手《あくしゅ》とともにお互《たが》いの都市へと戻《もど》っていく。派遣員《はけんいん》は一切《いっさい》口を挟《はさ》むことなく、向こうの生徒会長とともにファルニールへと戻っていった。

外縁部接触点《せっしょくてん》。

主戦場。

両学園都市の武芸科生徒たちが陣《じん》を組んで向かい合い、開始の合図を待っていた。

向かい合う武芸者の群《む》れをレイフォンは眺《なが》めていた。

その手には、復元済《ふくげんず》みの簡易型複合錬金鋼《シム・アダマンダイト》がある。黒い刀身が光を受けて青い燐光《りんこう》のように反射《はんしゃ》する様に、相手武芸者たちの視線が集まっている。

雲がない。空気が焦《こ》げるような暑さに、地面では陽炎《かげろう》が揺《ゆ》らいでいる。

暑さが苛立《いらだ》ちを呼《よ》ぶ。ツェルニにも、ファルニールにも。

隣《となり》のニーナにもその苛立ちが伝播《でんぱ》しようとしていた。額《ひたい》から流れた汗《あせ》が目へと落ちる。

両手に鉄鞭《てつべん》を構えるニーナは舌打《したう》ちを吐《つ》いて腕《うで》で汗をぬぐった。

「大丈夫《だいじょうぶ》ですよ」

「よそ見をするな」

怒《おこ》られてしまった。

「大丈夫、タイミングはわかってますから」

「む……」

「落ち着いていきましょう。成功すれば一気に相手の陣地に飛び込めますよ」

「そう簡単《かんたん》に言うが……」

その時、遠くからサイレンの音が鳴った。

ツェルニ、ファルニールの両方から。

開始の合図だ。

同時に、両陣の武芸者たちが鬨《とき》の声を上げた。内力系活剄《けいかつけい》の威嚇術《いかくじゅつ》が空気を激《はげ》しく振《ふ》るわせる。

「行けぇっ!!」

大声が響《ひび》き渡《わた》る。ヴァンゼの進撃《しんげき》の合図だ。

ダルシェナを先頭とした突撃《とつげき》部隊が高めた活剄を爆発《ばくはつ》させるべく、ニーナの合図を待つ。

その時、レイフォンはファルニールの先陣を率《ひき》いる男を観察しながら、大きく息を吸《す》い込んだ。

男がニーナよりも早く、突撃を指示《しじ》しようとしたその時……


「かぁっ!!」


一際巨大《ひときわきょだい》な声が、両陣の間にあった空間を支配《しはい》し、爆発した。

内力系活剄の変化、戦声《いくさごえ》。

溜《た》めこんだ呼気《こき》に剄を乗せ、レイフォンは声を放った。

今まさに飛び出そうとしていたファルニールの先陣部隊たちは出鼻をくじかれ、中には足をもつれさせる者までいた。

「かかれ!」

ニーナが叫《さけ》び、それに合わせてダルシェナが敵陣《てきじん》へと飛び込んだ。槍《やり》を構えたダルシェナの初撃は、レイフォンの戦声に虚《きょ》を突《つ》かれた武芸者《ぶげいしゃ》たちが作った戦列に穴《あな》を開ける。

「第二部隊、いくぞ!」

そのまま突進を続けるダルシェナ隊を追うように、ニーナも自らが率いる第二部隊を進めさせ、ダルシェナ隊の開けた穴の拡大《かくだい》にかかる。

これでニーナが任《まか》された第一陣部隊は全《すべ》てだ。シャーニッドは外縁部右翼《うよく》で砲撃戦《ほうげきせん》部隊を率いている。ナルキはニーナの隊の中にいた。フェリは後方で情報支援《じょうほうしえん》を行っている。

率いる部下のいないレイフォンは、その場で高く跳躍《ちょうやく》した。

着地した先はダルシェナ隊よりも、よりファルニール陣の奥深《おくふか》く。第二陣のど真ん中だ。

「え？」

「わぁっ！」

いきなり頭上から現《あらわ》れた形のレイフォンを戸惑《とまど》いの声が囲む。

レイフォンは無言で刀を振《ふ》るった。

外力系衝剄《しょうけい》の変化、円礫《えんれき》。

レイフォンを中心に衝剄が吹《ふ》き荒《あ》れ、武芸者たちが吹き飛ばされる。

「……ふむ」

技《わざ》の感覚を確認《かくにん》して、レイフォンは声を洩《も》らした。

久《ひさ》しぶりに使ったサイハーデンの技だが、そう錆《さ》びてはいないようだ。

口元が緩《ゆる》むのを抑《おさ》えられない。いまが戦闘中《せんとう》だということを忘《わす》れたわけではない。相手が格下《かくした》だからといって侮《あなど》っているわけでもない。

ただ、心がいつものように冷めない。あの冷たい感覚が訪《おとず》れない。覚えたての技をリーリンに自慢《じまん》していた時のような気分が、ずっとレイフォンの精神《せいしん》を高揚《こうよう》させていた。

刀を握《にぎ》りしめて棒立《ぼうだ》ちとなったレイフォンを、隙《すき》だらけと思ったのだろう。その背《せ》に誰《だれ》かが打ち込んでくる。武器を取り落としたその武芸者にかまうことなく、肘《ひじ》で相手の腕を打つ。武器を取り落としたその武芸者にかまうことなく、連動して襲《おそ》いかかってきた他の武芸者たちに対応《たいおう》する。

衝剄をまとった刀で払《はら》い、あるいは流し、刀一本で対応《たいおう》できないとわかれば即座《そくざ》に拳《こぶし》が飛び、足が動く。足さばきは静謐《せいひつ》を極《きわ》めることもあれば、あえて地面を大きく削《けず》ることで煙幕《えんまく》を起こし、相手の目を潰《つぶ》す。

相手の武器を利用することもためらわない。

サイハーデン流の刀技《とうぎ》は、これまで名の通った武芸者を生んだことはない。グレンダンではつまりそれは、天剣授受者《てんけんじゅじゅしゃ》を生み出したことがないことを意味する。

グレンダンに現存《げんぞん》する武門の多くは本家分派《ぶんぱ》様々あれど、その起源《きげん》には必ずと言っていいほど天剣授受者が存在《そんざい》し、そして天剣を生み出せない武門は自然と消滅《しょうめつ》していく。

その中で、サイハーデンの武門は、その起源からレイフォンが現れるまでの間、一度として天剣授受者を生み出したことがない。

それなのに、なぜ生き残ったか？

それは、技を継承《けいしょう》した者たちの生存率《りつ》が著《いちじる》しく高いからだ。

戦いに勝つためではなく、生き残るための刀技であり、闘技。それがサイハーデン流だ。

ために、グレンダンから始まったサリンバン教導傭兵団《きょうどうようへいだん》では、サイハーデン流が色濃《いろこ》くその闘技と精神性を継承し続けてきた。

本来のレイフォンならば、自分を囲む武芸者たちの攻撃《こうげき》をかすらせもせずに避《よ》けることができただろう。だが、あえて剄を抑制《よくせい》し、動きを遅《おく》らせて攻撃を受け続けた。

封印《ふういん》し続けた技の錆《さび》を落とすために、あえての行動だ。

ツェルニで武芸者としてのレイフォンを知るほとんどの者に『嫌《いや》な部分』として受け取られるその行動だが、天剣授受者として老生体と数限《かずかぎ》りなく死闘を繰《く》り広げてきた身としては、これぐらいの危機《きき》感がなくては気合の入った練習にもならないのが実情でもある。

練武館での訓練では、基礎能力《きそのうりょく》を維持することしかできないのだ。

「なにをとろとろしている！」

ダルシェナ率いる突撃部隊が第一陣を突き破《やぶ》り、この第二陣にまで到着《とうちゃく》した。レイフォンの登場で混乱《こんらん》が生じ、突破《とっぱ》しやすくなっていたのだ。その背後《はいご》にはニーナの隊が続き、さらにツェルニの第二陣がファルニール側を全体的に押《お》し戻《もど》そうとしている。ファルニールの前線はもはや崩壊《ほうかい》し、それを維持するのが不可能《ふかのう》な状態《じょうたい》になろうとしていた。

「あ、はい」

ダルシェナに怒鳴《どな》られ、レイフォンはまた跳《と》んだ。

今度はもっと奥に行こう。

そうすれば、もっと長く技の再《さい》確認ができる。

空中に跳んだレイフォンは、突然《とつぜん》、誰かの視線《しせん》を感じて身を固くした。

(なんだ?)

慎重《しんちょう》に気配を探《さぐ》る。だがすでに見られている感覚はなくなっていた。

(気のせい? だけど……)

リーリンがやってきてから時々、誰かに見られている気がするのだ。

その視線は鋭《するど》く、そして一瞬《いっしゅん》のうちに消える。戸惑いと正体を探れないもどかしさはあったものの、敵意《てきい》も感じられないから無視してきた。

(だけど、どうしてこのタイミングで?)

ツェルニにいる普通《ふつう》の武芸者《ぶげいしゃ》が遠距離《えんきょり》から観察している可能性も考えていた。そんなことをする理由は全く思いつかないけれど、そう考えるのがまだ現実的な気がしたのだ。

だが、レイフォンの戦闘時の速度に追いつける動体視力となると、普通の武芸者であるはずがない。

（誰だ？）

ハイア……？　しかし、彼はもうツェルニにはいないはずだ。サリンバン教導傭兵団は残っているが、彼らはハイアを追放したことを宣言《せんげん》し、実際《じっさい》に生徒会と都市警察《けいさつ》が徹底的《てってい》に捜索《そうさく》したものの彼ともう一人の少女の姿《すがた》は見つからなかった。

だから、ハイアではない。

では、誰だ？

†

「おっと、いまのは危《あぶ》なかった」

遠く、ツェルニの生徒会棟《とう》の屋根、フラッグのすぐそばでサヴァリスは首を縮《ちぢ》めた。

「やっぱり、戦闘中だと感度が通常《つうじょう》よりはるかに上がってるねぇ。腐《くさ》っても元天剣授受者だ。危ない危ない」

その顔に浮《う》かんだ表情《ひょうじょう》は、けっして言葉に真実味を与《あた》えない。どこか楽しんでさえいる。

「それにしても、やっと刀を持ったか。好き者もいたもんだとしか思ってなかったけど……これで楽しみが増《ふ》えた」

以前からレイフォンの動きには不満を持っていただけに、サヴァリスは彼の選択《せんたく》を純《じゅん》粋《すい》に喜ぶ。

それは、いずれ戦うことになるからだ。

傭兵団との衝突は、すでに現在《げんざい》の代表となっているフェルマウスより聞いている。サヴァリスの目的が廃貴《はいき》族《ぞく》の奪取《だっしゅ》にある以上、いずれレイフォンとの衝突は避《さ》けられないだろう。それだけに、天剣を持たず、ぬるま湯のような学園都市の生活でゆっくりと錆びていくレイフォンに失望を感じていたサヴァリスは、この変化を歓迎《かんげい》する。

どうせなら、強いレイフォンと戦いたい。

こちらも天剣を持ってきていない以上、これで条件《じょうけん》は五分になった。

「しかし……それはいつになるでしょうねぇ」

廃貴族の性質《せいしつ》上、都市の危機《きき》が訪《おとず》れなければその姿を現《あらわ》すことはないだろう。グレンダンのように汚染獣《おせんじゅう》を求めて暴走《ぼうそう》をした時もあったそうだが、残念ながらそれは、サヴァリスが到着《とうちゃく》する前に落ち着いてしまった。

原因《げんいん》はわかっている。

しかし、その原因を排除《はいじょ》することはできない。

一つは、それがグレンダンに深く関《かか》わる要因であること。

そしてもう一つは、要因に関わる人物が女王のお気に入りであるということ。

「……まさか、陛下《へいか》に文句《もんく》を言うわけにもいかないし、どうしたものか」

リーリン・マーフェス。

そして、彼女に憑依《ひょうい》していると思《おぼ》しき、グレンダンの真の意思。

グレンダンのために廃貴族の奪取にやってきたサヴァリスの足を引っ張《ぱ》っているのだから、これをどう受け止めればいいものかと内心では頭を抱《かか》えている。

おかげで、無為《むい》に三ヶ月も過《す》ごしてしまった。

その間、ゴルネオ《弟》を鍛《きた》えることができ、そのうえ現在のレイフォンをじっくりと観察できる時間があったのだから、無駄《むだ》ではなかったといえばそうなのかもしれないが……

「そろそろ飽《あ》きてきたのも確《たし》かです」

最終手段《しゅだん》は、考えてはいる。

一つは、汚染獣に襲《おそ》われた時にレイフォンの足止めを行い、ツェルニに危機を訪れさせること。

ツェルニの戦いぶりはすでにゴルネオから聞いて知っている。まさか幼生体戦《ようせいたい》の時のような無様をもう一度やることはないだろうが、成体となった汚染獣が数体でも現れてくれれば、危機になるだろう。

だがそれも呑気《のんき》な待ちの一手だ。

すでに三ヶ月も待った。グレンダンの戦場が恋《こい》しくなってきている。

もう一つの手。本当の最終手段。

危機を自分で起こせばいい。

即ち《すなわ》、サヴァリス自身がツェルニを破壊《はかい》するために動くということ。

汚染獣ではないことが気になる点ではあるが、誰に憑依しているかということもわかっているのだ。彼女の危機意識《いしき》を喚起《かんき》してやれば、発現する可能性《かのうせい》は高い。なにしろ、最初に憑依しかけた人物は、汚染獣戦でそうなったわけではないのだから。

「……いっそ、今から動いてやろうかな」

稚拙《ちせつ》ながらもすぐ側《そば》に戦場がある。半端《はんぱ》な戦《いくさ》のにおいに、サヴァリスは引っかき回したくてたまらなくなっていた。

「……ねぇ、そこのあなた、どう思うかな？」

サヴァリスは、不意に視線《しせん》を動かして尋ねた。

「さすが、天剣授受者殿《てんけんじゆじゆしやどの》はごまかせませんか」

すぐ後ろにその人物は立っていた。灰色《はいいろ》のスーツを着た男。さきほどまで外縁部《がいえんぶ》接触《せっしょく》点にいたはずの、そしてファルニール側に去ったはずの学園都市連盟《れんめい》の派遣員《はけんいん》だ。

「仕掛《しか》けてこないかなと思ってたのに、その気がないみたいだからね。どうしたものかと思ってたのさ」

「それはそれは」

男は肩《かた》をすくめた。

「わたしでは、あなたの期待には答えられませんな」

「でも、死なないんだよね？　百回も死ねば追いつけたりしないかな？　精神的《せいしん》生命の危機を前に能力の爆発《ばくはつ》的増幅《ぞうふく》って感じで」

「それは無理ですね。肉体に直結していない我々《われわれ》の精神は、絶望《ぜつぼう》に対してひどく脆弱《ぜいじゃく》ですから」

さらりと零《こぼ》したサヴァリスの言葉に、男は簡単《かんたん》に答えを返した。

男は、狼面衆《ろうめんしゅう》だ。

「いいのかい？　そんな簡単に教えてくれて」

「ええ。なぜならば、その絶望の境地《きょうち》に辿《たど》り着くのには百回死ぬ程度《ていど》では足りませんから」

「なるほど。肉体がないから痛《いた》みに対して無感動でいられるわけだ」

ふと、サヴァリスはマイアスで出会った愚《おろ》かな少年のことを思い出した。あれの汚染獣に対する異常《いじょう》なまでの恐怖《きょうふ》は、狼面衆となることによって逆《ぎゃく》に強化されてしまっていたということなのか？

（なんだ、レイフォンと比《くら》べようもなかったのか）

つまらないとサヴァリスは空を見上げた。

「それで、僕《ぼく》に対してなんの用なのかな？　勧誘《かんゆう》ならお断《ことわ》りだ。どうやら僕にはグレンダンの戦場が一番肌《はだ》に合うみたいだし」

「その戦場に戻《もど》るための、お手伝いをしたいと思いましてね」

「へぇ……」

「おや、信じてくださらないので？」

「僕はこの間まで信じてなかったけど、グレンダンと君たちは敵対《てきたい》関係にあるはずだよね？　そんな連中の言葉を素直《すなお》に信じていいものなのかな？」

「なら、このまま待ちますか？」

意地の悪い問いかけにサヴァリスは苦笑《くしょう》した。こちらの考えをすでに聞いた上で交渉《こうしょう》に臨《のぞ》んでいるのだから、有利に進められてしまうに決まっているのだ。

そのことを、男はまるでおくびにも出さず話を続ける。

「今日中にこのツェルニに汚染獣《おせんじゅう》が襲いかかります」

「へぇ」

それは、願ったりの話だ。

「そんなことを僕に教えて、なにか良いことがあるのかい？」

「ええ。なにしろその汚染獣は名付きに等しい実力がありますから」

男が、あえてグレンダンにしか通じない単語を使ってきた。

「ますます楽しいことになりそうじゃないか。廃貴族《はいきぞく》が確実《かくじつ》に現《あらわ》れる。とても有用な情《じょう》報《ほう》だよ。お礼にその体を壊《こわ》さないでおいてあげよう」

「いえいえ、それには及《およ》びません。お手伝いの内容《ないよう》はこれから話すのですから」

男もサヴァリスに調子を合わせたように軽薄《けいはく》な調子で会話を続ける。

「それで、なにを手伝ってくれるんだい？」

「廃貴族の引きはがしを我々がさせていただきます」

「どうして？」

「どうして？　廃貴族を持ち帰るおつもりなのでしょう？　あのままでは手こずってしまいますよ？　まさか、土壇場《どたんば》を手伝ってくれるかどうかもわからないものに頼《たよ》るつもりではないでしょう？」

確《たし》かに、男の言葉にも一理ある。

廃貴族を確保《かくほ》する有効《ゆうこう》な道具を持っているわけではない。やり方は結局、傭兵団《ようへいだん》がやろうとしたことと変わりはない。廃貴族は憑依《ひょうい》し、その力が発現《はつげん》するまでは憑依者に固定されたとは言い難《にく》い。その力が発現した段階《だんかい》で固定される。

前回のディンでは、発現の具合が足りなかったために固定しきれていなかったようだが。その上、レイフォンに邪魔《じゃま》されてしまっては、傭兵団では役者不足というものだろう。

傭兵団が失敗したと判断《はんだん》したからこそ、天剣授受者であるサヴァリスがわざわざツェルニまでやってきたのだ。

だが、完全に固定されてしまえば後はその憑依者との単純《たんじゅん》な力比べだ。それでサヴァリスは負けるつもりはない。

レイフォンに憑《つ》けば面白《おもしろ》いとは思っていたが、憑依しているだろう人物はレイフォンではない。それならば、レイフォンと戦った後でも十分に確保に動けるはずだ。

「しかし、そんな不確かなやり方ではグレンダンに連れ帰るまでに何度も騒《さわ》ぎになると思いませんか？　いえ、都市の上ならばあなたの実力をもってすれば問題ないでしょう。しかしそれが、放浪《ほうろう》バスの中でなら？」

「ふむ……」

確かにそうだ。

それはめんどくさい。

それに確かに、リーリンの中にいるであろう真の意思がサヴァリスに味方してくれるとは限《かぎ》らない。

「我々《われわれ》に任《まか》せていただければ、廃貴族を憑依者から剝離《はくり》し、持ちだせる形でお渡《わた》ししましょう」

「そんなことができるのかい？」

「我々なればこそ」

悪い話ではない。

しかし、それだけではないだろう。

「それで、そっちはどんな得があるんだい。僕をけしかけてさ、その名付きと戦わせたいんだろう？」

本当に名付きと同等の実力があるのなら、レイフォン一人では不利だ。天剣《てんけん》を持っていない今の状態《じょうたい》ではサヴァリスだって難《むずか》しい。

しかし、二人でかかればなんとかなるかもしれない。

「あなたにはツェルニを守ってほしいのですよ」

意外な言葉に、サヴァリスは目を見開いた。

「それはまたおかしなことを言うものだね。マイアスで聞いた話だと、こんな学園都市なんて消し飛んだって気にしなさそうだったのに」

「ええ確かに。マイアスはそうですね。我々にとってなんの魅力《みりょく》もない。しかし、ツェルニは違《ちが》います。ここには、ぜひとも我々の手元に引き入れたい者がおりますので」

「へぇ」

「しかし、それには時間がかかりそうなのですよ。ですので、いまツェルニに滅《ほろ》んでもらっては困《こま》るのです。その者まで死んでしまうかもしれない」

「なるほどね」

そういうわけか。

狼面衆《ろうめんしゅう》がなにを企《たくら》んでいるのか？

それは知ったことではない。ただ目の前に脅威《きょうい》として現れた時には、嬉々《きき》としてそれに立ち向かうだけだ。

それよりも、いまここで協力してさっさとグレンダンへと帰る道についた方がはるかに自分にとって有意義《ゆういぎ》だ。

「じゃあ、そういうことで」

「ええ。よろしくお願いします」

男は慇懃《いんぎん》に頭を下げると生徒会棟《とう》の屋根から姿《すがた》を消した。

消えて、ふと思った。

そういえばあの男、どんな顔をしていた？

「おや？」

首をひねり、どれだけ思い出そうとしてもできないことに気付く。

覚えているのは、灰色《はいいろ》のスーツだけだ。

「ふむ。別の意味でめんどそうだ」

そう呟《つぶや》いたが、すでにサヴァリスの頭の中には男に対しての興味《きょうみ》は失《う》せていた。

あるのは、眼前《がんぜん》に迫《せま》っているであろう戦い。

「名付きか……楽しそうだ」

天剣がないのだ。制限《せいげん》を加えられた状態でどこまでやれるのか？

それを考えると、とても……とてもとても楽しくなってきた。

†

伝わる手応《てごた》えに、ナルキは迷《まよ》わず剄《けい》を走らせる。

「はっ！」

外力系衝剄《けいしょうけい》の化錬《かれん》変化、紫電《しでん》。

錬金鋼《ダイト》製《せい》の鎖《くさり》でできた捕縛縄《ほばくなわ》に雷撃《らいげき》が走り。捕獲《ほかく》された武芸者《ぶげいしゃ》はそれで体を震《ふる》わせ、倒《たお》れる。

「ふう……」

手首をひねるだけで捕縛縄は外れ、ナルキはそれを手元に戻《もど》して息を吐《は》いた。

三ヶ月の間にナルキも成長した。ゴルネオの下《もと》に通い続け、なんとか化錬剄の技《わざ》をいくつか習得することに成功したのだ。

その一つがこれだ。

倒れた武芸者は気絶《きぜつ》までは至《いた》っていない。それでもしばらくは神経《しんけい》が混乱《こんらん》して、まともに動けないだろう。他の者が戦闘不能《せんとうふのう》の一撃《いちげき》を与《あた》えるには十分な時間だ。

動けない武芸者に隊の一人が一撃を加え倒れる。

ナルキはその光景から意識《いしき》的に目を離《はな》した。

錬金鋼《ダイト》には安全装置《そうち》がかけられているとはいえ、小隊対抗《たいこう》戦の時のように戦闘不能を判《はん》断《だん》する審判《しんぱん》が存在《そんざい》するわけではない。また安全装置も決して完全ではない。刃《は》が付いている武器ならばともかく、ナルキの打棒《だぼう》やニーナの鉄鞭《こつべん》のような打撃武器に関してはそれほどの威力減殺《いりよくげんさつ》の効果はあまり望めない。

その代わりに、剄の通りは刃物の武器よりも悪くなっているのだが。

しかしそれでも時には大けがをする者はいるだろうし、場合によっては死亡《しぼう》する者もいるだろう。

実際《じっさい》、前回のマイアス戦で同じ一年の武芸者が頭に怪我《けが》をした。授業《じゅぎょう》の時に顔を合わせたこともある。頼《たよ》りがいはなかったが気のいい男ではあった。

幸いにも死にはしなかったが、彼は一ヶ月もの間頭痛《ずつう》に悩《なや》まされ、最近になっても時々思い出したようにその痛《いた》みが現《あらわ》れるらしい。

現代《げんだい》医学でも、脳《のう》と剄脈を完全に修復《しゅうふく》することはできない。彼の怪我は場合によっては死の可能性《かのうせい》だってあった。

武芸者の戦いはこういうものだ。どれだけ安全を期していたとしても、自分たちが戦いという死と隣《とな》り合わせの状況《じょうきょう》で生きる者たちだという現実までは覆《くつがえ》せない。

そのことがナルキは納得《なっとく》できない。

できなかった。

それが彼女のヨルテムから出た理由だ。

汚染獣《おせんじゅう》との戦いは良い。あの存在は人間にとって圧倒《あっとう》的な脅威《きょうい》だ。戦わなければ自分たちが死ななければならない。

だが、戦争はどうだ？

なぜ、わざわざセルニウム鉱山《こうざん》の支配権《しはいけん》をめぐって都市同士、同じ人間同士が争わなければならないのか？　なぜ都市は、電子精霊《せいれい》はそんなことを人間に強要するのか？

それが理解《りかい》できない。

正しいことなのか、ナルキには理解できなかったのだ。

いや、理解ではない。セルニウムという資源《しげん》の物量的限界の話ならばナルキにだって理解できる。

しかし、納得はできない。

そのことを両親に話すと、次の日には学園都市への留学話を持ってきてくれた。いまのままヨルテムで武芸者を続ければきっと死ぬからと。

どうしても戦わなければならない戦争の時に、それが納得できないなんて言っていられないからと。

両親の言葉は、まったく正しい。

そこでナルキが目指したのは警察官《けいさつかん》だった。警察官が戦う相手は都市の平和を脅《おびや》かす者。とてもわかりやすいと思ったのだ。

いまだって、都市警察で働いていることに疑問《ぎもん》を持ったことはない。

しかしそんな自分が小隊に入り、こうして武芸大会という言葉にごまかされた戦争の中で中心に近い場所にいる。

戦うために、こうしてゴルネオに師事《しじ》して化錬剄《かれんけい》まで身に付けている。

これは、どういう心境《しんきょう》の変化なのだろう？

わかっている。きっかけは第十小隊のあの事件《じけん》だ。都市を守るために間違《まちが》った道を進んだ男。そしてナルキから見れば間違っているとしか思えないまっすぐさで捜査《そうさ》をかき乱《みだ》した女。

間違っているから失敗したのか、間違えていても信念は目的を達成させるのか？

自分が信じている正しさは、間違っているのかどうなのか？

考えれば、信念によって起こした間違った行動を思いかえさせてしまうのだ。

それは成功していたのか？　失敗していたのか？

なにが明暗を分けるのか？

わからないからこそ、自分が今一番やりたくないことに飛び込んでみた。

納得できないことが正しくないわけではないからだ。

だが、自分にそう考えさせたこの人はどうなのだろうか？

ナルキの視線《しせん》が部隊の先頭を進むニーナに向けられた。

二つの鉄鞭を操《あやつ》り、ニーナは相手の抵抗《ていこう》の度合いによって隊の行動を変化させる。抵抗が激《はげ》しければ、じっとその場で相手の攻撃《こうげき》を受けきり、弱ければ一気に突《つ》き進む。ダルシェナが一辺倒《いっぺんとう》に突撃《とつげき》を敢行《かんこう》し穴《あな》を開けるその背後《はいご》で、ニーナは丹念《たんねん》にその穴の拡大《かくだい》に腐心《ふしん》していた。

先頭で声を張《は》り上げて指揮《しき》し戦う姿《すがた》は、念威繰者《ねんいそうしゃ》の連絡《れんらく》を待つまでもなくニーナがその部隊の隊長であることを明白にさせていた。

当たり前に攻撃が集中してくる。ナルキや他の武芸者《ぶげいしゃ》たちは、自然、ニーナの負担《ふたん》を軽減させようと壁《かべ》を作る。

しかし、ニーナは防戦《ぼうせん》していても隙あらば前に進もうとする。それはダルシェナ隊と離《はな》れすぎないようにするために必要なことだとしても、ナルキにはやや無謀《むぼう》に思えた。

レイフォンが単独《たんどく》先行して後方の陣《じん》を混乱《こんらん》させることで、ダルシェナの突撃をサポートしていなければ、こんなにもうまくいくはずがなかったのだ。

逆《ぎゃく》に、うまくいきすぎているからこそ隊の維持《いじ》に苦労を強《し》いられているという側面がある。

第十六小隊率《ひき》いる第二陣が、突撃の第二波として得意の旋剄戦術《せんけいせんじゅつ》を行っていなければ、何度隊が瓦解《がかい》したことか。

「隊長、止まってください！」

迫《せま》るファルニールの武芸者たちの重圧に、ナルキはついに叫《さけ》んだ。

「ん？　あ、ああ……」

ニーナは心ここにあらずという感じで答えた。それでも自分に迫りくる攻撃には冷静に対処《たいしょ》している。金剛剄《こんごうけい》を使ったニーナの防御《ぼうぎょ》を崩《くず》せた者は、まだいない。

「隊長！」

ナルキが再《ふたた》び叫ぶと、ニーナはやっと足を止めてくれた。

「前に出すぎています。なにしているんですか？」

ナルキではない。彼女よりももっと前から進撃を止めるように告げていた念威端子《たんし》……フェリだ。

「ダルシェナ先輩《せんぱい》にも繋《つな》げますので、すぐに止まるように告げてください。第三陣との距離《きょり》が開き過《す》ぎているんです」

「しかし……」

戦闘《せんとう》を続けながら、ニーナははるか前方を見た。

「レイフォンが……」

「あなたさえ止まってくれれば、あの調子に乗った馬鹿《ばか》の説得に集中できるんです」

フェリの声には苛立《いらだ》ちがあった。いつもの無表情《むひょうじょう》を目の前にしないだけに、その声に宿った感情がよくわかる。念威繰者は無数の場所からの情報《じょうほう》を同時に収集《しゅうしゅう》できたとしても、多人数と同時に別の会話ができるわけではないのだ。

「す、すまない」

詫《わ》びたニーナがダルシェナに念威端子から指示《しじ》を飛ばす。

「ヴァンゼからの指令です。第二陣と合流してその場で防御陣を形成。支配地域《しはいちいき》を維持しろとのことです」

「了解《りょうかい》した」

「まったく……」

その声を最後に端子からフェリの声が聞こえなくなる。レイフォンとの会話に入ったのだろう。

足は止めたが、それでも周りにはまだファルニールの武芸者がいる。ニーナがそれを受け止めている間に、ナルキが代わって防御陣への移行《いこう》を指揮した。

ニーナを中心に円形の密集《みっしゅう》陣形を敷《し》き、その場に居座《いすわ》る。やがてダルシェナ隊が後退《こうたい》して来、第二陣も合流した。

中心に置かれることで戦闘から外れたニーナが、そこでやっと一息ついた顔をした。

「くそっ」

だがそれは、決して疲《つか》れを癒《いや》す顔ではない。まだ戻《もど》ってこないレイフォンを捜《さが》して、どこか焦《じ》れた顔をしていた。

「どうしたんですか？」

ナルキがついに尋《たず》ねた。まるでレイフォンに引きずられたかのような進撃だった。

「少し調子に乗り過ぎたか？」

同じように円陣の中央にやってきたダルシェナがそう呟《つぶや》いた。彼女の顔に大量の汗《あせ》が浮《う》かんでいるのを見て、ナルキは心のどこかで安心した。大丈夫《だいじょうぶ》だ、こんな美人でも汗をかく。こんな場面でどうでもいいことではあるのだが、妙《みょう》にその部分に気持ちが行ってしまった。

だが、それも一瞬《いっしゅん》。言葉ほどに後悔《こうかい》はなく、それどころかむしろ一暴《ひとあば》れできてすっきりしたという顔のダルシェナから、どこか暗いニーナに目を戻す。

「本当に、どうしたんですか？」

「いや、レイフォンだ。いつもと感じが違《ちが》ったから、心配でな」

確《たし》かに、レイフォンの様子は明らかにおかしかった。決して暗かったわけではない。とても気分が良さそうだったし、むしろいつも以上に明るかった。明るすぎてちょっと気持ち悪かったくらいだ。

「……リーリンとの問題が解決したんですよね？　だからじゃないですか？」

「ああ。そうだと思う。だが、それにしても浮かれすぎている気がしてな……」

確かに、戦闘前のレイフォンというのはどこか暗い感じで取っ付きにくくなる。戦闘中などは声もかけられないくらいだ。

それが今日は、開始の合図が鳴るその瞬間までいつも通りの呑気《のんき》な感じがした。余裕《よゆう》があるようにも見えたし、油断《ゆだん》してるようにも見える。

だから心配なのか？

違う。そうじゃない。

ナルキは直感的にそう理解した。

ニーナはレイフォンを心配している。……おそらく、そういう気持ちであるとごく自然に自分をごまかし、騙《だま》している。

（メイシェンならきっと、良かったねと言いながら落ち込むからな）

レイフォンやリーリンが悩《なや》みから立ち直ったことは純粋《じゅんすい》に喜べるのだが、そのことで自分が役に立てなかったことを落ち込むだろう。

きっと、ニーナもそういう精神状態《せいしんじょうたい》のはずだ。

本当に不器用な人だ。

だがおそらく、自分はその不器用な生き方に憧《あこが》れているだろうとは思う。ナルキ自身も不器用な方だとは思うのだが、どこか小手先でごまかしているような部分がある気がしてならない。

（本当に気付いていないのだろうか？）

レイフォンに好意を抱《いだ》いていることを？

リーリンがツェルニを訪《おとず》れたことになにも感じていないわけがないだろうに。その彼女と同じ寮《りょう》で暮《く》らし、二人の接触《せっしょく》を間近で見ることが辛《つら》くないはずがないだろうに。

なんて、不器用なんだろう。

戦闘は続いている。

レイフォンは、まだ戻ってこない。

「遅《おそ》いな、説得に手間取っているのか？」

円陣《えんじん》を組《く》んでからそれほど時間が経《た》っていないというのに、ニーナは苛立《いらだ》ちを隠《かく》せない様子で地面を蹴《け》った。

まさに、その時……

空気の唸《うな》りを聞いた。

「なんだ？」

周囲で荒《あ》れ狂《くる》う戦闘《せんとう》の音のために、誰《だれ》もが気付くのに遅《おく》れた。念威繰者《ねんいそうしゃ》たちも眼前《がんぜん》で展開《てんかい》する戦闘情報《じょうほう》を追うのに汲々《きゅうきゅう》として、外部の情報を拾う暇《ひま》はなかった。

唸りは、次の瞬間に轟音《ごうおん》に変わり、そして大地を、都市を揺《ゆ》らした。

「都震《としん》!?」

だが、すぐにそれが間違いであることにナルキは気付いた。都震とは、移動中の都市が地割《じわ》れや谷に足をかけてバランスを崩すことだ。ファルニールと接触し、足を止めているいまこの時にそんな現象《げんしょう》が起きるはずがない。

だとすれば、これはなんだ？

新たな音は、二方向から同時に流れた。

前と後ろ。

ツェルニとファルニールから。

揺れに続いたその音は、戦闘終了《しゅうりょう》を示《しめ》すものでなかったというのに武芸者《ぶげいしゃ》たちの戦闘行動をほぼ強引《ごういん》に押《お》しとどめた。

金切り声のような、耳をつんざきそうなサイレン。

それは、汚染獣《おせんじゅう》の襲来《しゅうらい》を示す、電子精霊《せいれい》の悲鳴だ。

突如《とつじょ》として、外縁部《がいえんぶ》から無数の幼生体《ようせいたい》が姿《すがた》を現《あらわ》したのは、その時だ。

# 05 乱

この状況《じょうきょう》で汚染獣。その事実に誰よりも歯噛《はが》みしたのはヴァンゼだった。今期二度目の武芸大会。予想外に良すぎる結果に隊列の乱《みだ》れが生まれていたものの、それはツェルニにとって嬉《うれ》しい悲鳴でしかなかった。第一陣、第二陣が支配《しはい》した戦域《せんいき》をさらに前へと推《お》し進めるために、最後尾《さいこうび》の防衛《ぼうえい》ラインであるこの本陣を動かすつもりでいた。まさにその矢先での報《しらせ》だった。

だが、すでに得られぬものとなった勝利にいつまでも執着《しゅうちゃく》しているわけにもいかない。ヴァンゼは武芸長だ。ツェルニの武芸者を統括《とうかつ》する総指揮官《そうしきかん》が、いつまでも現状を認識《にんしき》できないでいるわけにはいかない。

汚染獣、幼生体がすでにすぐ近くの外縁部から現れているのだ。

いや、むしろすぐ側《そば》に現れてくれたことは幸運だったろう。これが正反対の場所であれば、対応《たいおう》が遅れていたことになる。

すぐに指示《しじ》を飛ばした。

「錬金鋼技師《ダイトぎし》はただちに安全装置《そうち》解除《かいじょ》の準備《じゅんび》を。本陣部隊、砲撃戦《ほうげきせん》部隊、汚染獣の足止めをするぞ。それ以外の部隊はただちに安全装置の解除を行え、解除が済《す》んだ部隊は随時《ずいじ》戦列に参加」

念威端子《たんし》を通じて各部隊の隊長に指示を飛ばすと、ヴァンゼは棍《こん》を振《ふ》るって前に出た。

「いいか、あくまでも足止めだ。無茶《むちゃ》をするな」

怒鳴《どな》りつけるように叫《さけ》び、ヴァンゼは都市へと猛進《もうしん》してくる幼生体へと飛び込んでいった。

その報は生徒会棟《とう》にいたカリアンにも届《とど》いていた。

「このタイミングとは……つくづく運に見放されているね」

誰にも聞こえないようにカリアンは小さな声で呟いた。同じように生徒会棟の地下会議室に詰《つ》めている他の生徒会の連中に聞かせていい言葉でもない。

「都市の防衛装置の起動を行います。場合によっては質量《しつりよう》兵器の使用もやむを得ないでしょう」

「しかし、それは……」

異論《いろん》を述《の》べたのは商業科の科長だった。彼にしてみれば質量兵器を使用することによる都市内資源《しげん》の損失《そんしつ》は無視《むし》できないだろう。いまある物を使うのは構《かま》わないとしても、それを再度《さいど》生産する時に使われる資源のこともある。ミサイル一発に使用される金属《きんぞく》や燃料《ねんりょう》等は、都市にとっては無視できない資源だ。しかも使えば再利用することができない。ある程度《ていど》の鉱物《こうぶつ》資源は都市が移動《いどう》中に採取《さいしゅ》してくれ、またセルニウム鉱山で補給《ほきゅう》できるとはいえ、一時的にでも資源が枯渇《こかつ》する状態《じょうたい》になるかもしれない。

「あなたの言いたいことはわかりますが、しかし今回はタイミングが悪すぎる。武芸科生徒たちに取り返しのつかない被害《ひがい》が出てからでは遅《おそ》い」

「彼がいるじゃないですか」

彼が誰を指すのか。それをいまさら考えるまでもない。

しかし、カリアンは首を振《ふ》った。

「もう一つ、気になる点があります」

カリアンはそう告げると、説明を始めた。

今この瞬間《しゅんかん》に汚染獣がいるということがどういうことなのか？ツェルニは、そしてフアルニールは何故《なぜ》、汚染獣がそばにいる状態で武芸大会を始めたのか？気づいてなかったからではないのか？

以前の幼生体《ようせいたい》襲撃の時のように、地下に幼生体を孕《はら》んだ雌性《しせい》体がいたのか？

だが、報告《ほうこく》されている幼生体の数は三十数体。前回と比《くら》べれば少なすぎる。

他《ほか》にも念威繰者《ねんいそうしゃ》からの報告ではツェルニの足下《あしもと》に巨大《きょだい》な物体が転がっていること。それが砕《くだ》けていること。幼生体はそこから現《あらわ》れたらしいということ。ツェルニの足が破損《はそん》していることから、その物体が遠方から投じられ、ツェルニの足に衝突《しょうとつ》した可能性《かのうせい》があることが伝えられている。

もしそれが正しいのであれば、それは普通《ふつう》の雌性体型汚染獣《おせんじゅう》がすることなのだろうか？

「わたしはそうではないと思う」

現在《げんざい》は、フェリが投じられた方向に向けて念威《ねんい》端子を飛ばさせている。

もしかしたら、ただの雌性体がやったことではないかもしれない。

そしてそうであるならば、襲《おそ》いかかってくるのは幼生体だけではないかもしれない。

「……つまり、老生体がいるかもしれないということですか？」

レイフォンから伝えられた汚染獣の知識は生徒会の全員が共有している。

繁殖《はんしょく》に対して過激《かげき》な方法を選ぶ汚染獣だが、彼らが繁殖という行為《こうい》を捨《す》てた老生体となった時、奇妙《きみょう》不可思議な変化を遂《と》げる場合があると。

「わかりません。とにかく、現状は幼生体が三十数体。いまは武芸者《ぶげいしゃ》に任《まか》せますが、万が一の可能性を無視するわけにもいかない。保険《ほけん》は、使うべき時に使うものです」

そう告げると、カリアンはこの場にいる役員たちに行動を促《うなが》した。会議室から飛び出す者、とりあえず動く必要もなく同じ連中と話し合いを続ける者の二つに分かれる。

「……まったく、武芸大会のために憎《にく》まれ役を買ったというのに、その目的が果たせないというのは、なんとももどかしいものだね」

前回は傭兵団《ようへいだん》。

そして今回は汚染獣。

次があるとすればそれはなんだ？

考えたくもないが、思わずカリアンは考え込んでしまった。

そしてカリアンの予測《よそく》は不運にも的中してしまう。

†

幼生体がどのようにして接近《せっきん》したのか、それをツェルニとファルニールの武芸者たちは目撃《もくげき》してしまった。

「なんだ、あれは……？」

各部隊の連携《れんけい》と錬金鋼《ダイト》技師の迅速《じんそく》な対応《たいおう》のおかげで安全装置《そうち》の解除《かいじょ》はスムーズに行われ、足止めから逆襲《ぎゃくしゅう》へとすぐに転じることができた。最終的にはレイフォンがほとんど片付《かたづ》けたのだが、彼がファルニールの奥深《おくぶか》くから帰還《きかん》し、戦場にやってきた時には十体以上を撃《げき》破《は》することに成功していた。

軽傷者《けいしょうしゃ》数名以外の被害を出さずに幼生体の群《む》れを撃破できたことは幸いだった。ヴァンゼの対応が早かったこと、そして日々の訓練が効果《こうか》を表していたこともあるだろうが、それ以上に戦力が集中していた場所に現れたことも幸運だっただろう。

だが、そんなささやかな幸運を喜んでいる暇はなかった。

ヴァンゼたちの目は、空に浮《う》かぶ一つの点に奪《うば》われた。

それは空に生まれた黒い穴《あな》だ。

穴は徐々《じょじょ》にその位置を変え、さらにその幅《はば》を拡大《かくだい》させていく。

念威繰者たちが揃《そろ》って警告《けいこく》の声を発する。

穴の拡大に音が伴《ともな》い出し、その独特《どくとく》の風切り音の意味をようやく理解した時、ヴァンゼは怒鳴《どな》った。

「総員《そういん》、退避《たいひ》っ!!」

それは、巨大な石のようなものだった。

ヴァンゼの言葉とともに、武芸者たちは外縁部《がいえんぶ》から退避する。

轟音《ごうおん》が震動《しんどう》をまき散らしたのは、それからすぐ後だ。

そのすさまじさにツェルニ全体が激《はげ》しく揺《ゆ》れ動き、武芸者でさえ立っていられないほどのものだった。外縁部の向こうで水柱ならぬ土柱が立ち、土砂《どしゃ》の何割《わり》かがエアフィルターを突《つ》き抜《ぬ》けて降《ふ》り注ぐ。

避《さ》けようもない土砂の雨に耐《た》えていた武芸者たちは、それよりも背筋《せすじ》を寒くさせる音を聞いた。

激しい、金属《きんぞく》の悲鳴。

即座《そくざ》に音の正体を確認《かくにん》することになる。

外縁部に沿《そ》うようにしてあった巨大な柱の一つ。

都市の足。

それがヴァンゼたちの目の前で半ばから折れ、大地へと倒《たお》れていった。

ツェルニの足が折れたのだ。

「くそったれが!」

いまだ降り続ける土砂の雨の中でヴァンゼは叫《さけ》んだ。土砂にまぎれ、エアフィルターで中和しきれなかった汚染物質《ぶっしつ》が土砂の雨でできた微《かす》かな切り傷《きず》を刺激《しげき》した。すぐに死に至《いた》るような量ではないだろうが、この痛《いた》みは他の武芸者たちの士気を落とさせることだろう。

土柱が消え、土砂の雨が止む。

そこに再《ふたた》び、幼生体《ようせいたい》たちが現《あらわ》れた。

いかん。

この状況《じょうきょう》に、ヴァンゼは深刻《しんこく》な危機《きき》を感じた。

幼生体の群れは、どこかから投擲《とうてき》、あるいはそれに類する方法でここに運ばれている。あの幼生体が入った巨大な塊《かたまり》を、念威繰者《ねんいそうしゃ》の感知が難《むずか》しい距離《きょり》からだ。そこに秘《ひ》められた筋力《きんりょく》はヴァンゼの想像《そうぞう》を越《こ》えている。

そして、その本体とも言うべきものを倒さない限《かぎ》り、この投擲攻撃《こうげき》は絶《た》えないのではないか？

「くそったれ……」

幼生体そのものの数は、さきほどとさほどの変化はない。ツェルニの戦力でも十分に対《たい》処《しょ》できるだろう。

だが、それが常《つね》にこの場所に来る確証《かくしょう》はない。第三波はここは正反対の場所に来るかもしれない。そうなると戦力を分散させて配置しておかなければならず、分散させれば幼生体を処理する速度が遅《おく》れる。

疲労《ひろう》と士気の問題もある。

そして、今回のようにツェルニにダメージが行くようなことが何度も重なれば……

「いくぞっ！」

棍を振《ふ》りかざし、ヴァンゼは突撃《とつげき》を命じた。

いまはとにかく、目の前の幼生体を片付《かたづ》けなければならない。

しかしその次はどうする？

「うおぉぉぉぉぉ！」

指揮官《しきかん》が弱気を見せるわけにもいかない。ヴァンゼは一際《ひときわ》高く雄叫《おたけ》びをあげた。

†

レイフォンは鼻を押《お》さえた。

鼻孔《びこう》を刺激するこの感覚には覚えがある。エアフィルターを突き抜けた微弱《びじゃく》な汚染《おせん》物質が粘膜《ねんまく》を焼く感触《かんしょく》だ。さきほどの土砂が運んで来たものだろうとは思う。

足元には動きを止めた幼生体が転がっている。鋼糸《こうし》があれば一瞬《いっしゅん》で片が付くが、青石錬《サファイア》金鋼《ダイト》はハーレイに預《あず》けたままだ。変更《へんこう》を急いだことがこんな場面で仇《あだ》になるとは思わず、苦い顔になる。

現在《げんざい》、ハーレイとキリクが大急ぎで青石錬《サファイア》金鋼《ダイト》の設定《せってい》変更に取り掛《か》かっている。それ自体はそれほど時間もかからないだろう。

あれが戻《もど》れば、少なくともレイフォンの周囲にいる他の武芸者《ぶげいしゃ》を余所《よそ》に回すことができる。どこかがそれで楽になることだろう。

レイフォンは外縁部《がいえんぶ》の外を見た。見慣《みな》れているが、それが同一のものかどうかわからない荒野《こうや》がある。今が夏である以上、この土地は夏季帯にあるということだ。だとすれば見たことがないということになるのだが、しかしどこにいても荒野の光景に変化があるように思えない。

第二波のすぐ後に、第三波がやってきた。それはツェルニに直撃するということにはならなかったが、ヴァンゼの心配どおりに戦力が集中していた外縁部接触《せっしょく》点からは大きく離《はな》れた場所だった。

第二波を引き受けていたヴァンゼは第十七小隊が率《ひき》いていた第一陣《じん》に第三波の処理を命じた。

「どうやら、休憩《きゅうけい》ができそうだな」

「……そうみたいですね」

背後《はいご》からの声にレイフォンは頷《うなず》いた。ニーナだ。振り返ればその顔には濃《こ》い疲労があった。

武芸大会の途中《とちゅう》での汚染獣《じゅう》の襲撃《しゅうげき》だ。いきなりの変化、そしてその後の突然の空白に、疲労が襲《おそ》いかかって来たのだろう。

鼻の痛《いた》みはまだ続いている。

この程度《ていど》の汚染物質《ぶっしつ》の流入ならば、さほど深刻《しんこく》な事態《じたい》になることはないだろう。外の景色が歪《ゆが》んで見えることからエアフィルターの濃度《のうど》が上がったこともわかる。次にあんなことがあっても、もう流入してくることはないはずだ。

念威端子《たんし》からはヴァンゼが今後のために武芸者たちの再《さい》配置を行う声が聞こえる。レイフォンたちがいる第一陣は、このままこの周辺を守備《しゅび》することになりそうだ。

だが、ここにいる武芸者たちは、そんなことよりも見えてしまうものから目が離せないでいる。

エアフィルターが濃くなったために歪んだ荒野。

そこを進む都市の姿《すがた》。

ファルニールだ。

ツェルニが幼生体の第二波に応戦《おうせん》している最中、突如《とつじょ》としてファルニールは動き出し
……逃《に》げ出してしまった。

あちらに汚染獣が襲いかかる様子はない。

それはつまり、ツェルニに標的が絞《しぼ》られたということだろう。

そしてファルニールはツェルニを救うことなく、見捨《みす》てて逃げることを選んだのだ。

「……彼らの責任《せきにん》ではないのだが」

「そうですね」

ニーナの呟《つぶや》きに複雑《ふくざつ》なものが混《ま》じっていた。

そう、ファルニールに住む人々には何の責任もない。彼らは自分たちと同じように、この荒《あ》れはてた大地を自律型移動都市《レギオス》の導《みちび》きによって彷徨《さまよ》っているだけなのだから。

判断《はんだん》したのはその都市の意識《いしき》である電子精霊《せいれい》だ。

そして、電子精霊の判断を批判《ひはん》することもできない。彼らは汚染獣から逃げるため、己《おのれ》の都市に住む人々を生かすため、最良の選択肢《せんたくし》を選んだだけなのだ。

そして、ツェルニは取り残されたことになる。

だが、それは決して悪いことばかりではない。ないはずだ。

ファルニールが離れる瞬間《しゅんかん》、ほとんどの武芸者たちがそれを見た。接触点が軋《きし》むような音をさせて離れていく中で、二つの発光体が突如として姿を現《あらわ》したのだ。

一方は童女の形をした青白い姿をし、
一方は成人した男性《だんせい》の姿をしていた。

見たことがある者はほとんどいないだろう。

だが、そこにいたほぼ全《すべ》ての者が、それがなんであるのかを理解《りかい》した。

電子精霊だ。

ツェルニとファルニール。

長い髪《かみ》を揺《ゆ》らし、まるで雄々《おお》しい獣《けもの》のような風格《ふうかく》のあるファルニールに対し、ツェルニはあまりにもあどけない。

だが、両者の間に容姿《ようし》を起因《きいん》とした精神的上下関係が存在《そんざい》しているようには見えなかった。

ファルニールが目を閉《と》じ、ツェルニが小さく頷《うなず》く。

次の瞬間、二つの電子精霊の胸《むね》から光が飛び出し、空中で衝突《しょうとつ》する。

光の交錯《こうさく》は刹那《せつな》の間で終わった。

だがそのすぐ後に、ツェルニに変化が訪《おとず》れる。

その容姿を淡《あわ》く覆《おお》っていた光が突然《とつぜん》強まり、姿を隠《かく》す。

次に現れたのは童女ではなかった。

やや年を増《ま》した、それは少女だ。

それだけのこと。

それからすぐに二つの電子精霊はその場から姿を消し、ファルニールは大地を揺らしながらツェルニから離《はな》れていった。

「あれをどう見る？」

「どうとっていいものか……」

尋《たず》ねられてもレイフォンだって困《こま》る。あの時、電子精霊の間だけでなにかを話し、なにかを決めたのだ。その結果として、ファルニールは離れていったのだと思う。

だとすれば、それはなんなのか？

ツェルニの成長はなにを意味するのか？

「……わたしには、ファルニールがツェルニに勝ちを譲《ゆず》ったように見えた」

「え？」

ニーナのその言葉は意外だった。

「電子精霊同士にもなにかルールのようなものがあるのだと思う。二人はあの一瞬でそれについて話し合ったんだ。その結果としてツェルニに勝ちを、あるいはこの困難《こんなん》に対処《たいしょ》するためのなにかを譲った。そのためのあの姿だと思う」

たしかにおかしくはない話だ。あの二人があの場所に現れたのは、なにかを話し合うためだろうし、その結果としてツェルニがなにかを受け取ったのかもしれない。

だとしたら、ファルニールはなぜツェルニにそれを譲ったのだろうか？

あの時点で、ツェルニが優勢《ゆうせい》だったからか？

それとも、仲間を置いて逃《に》げなければならない自分の不甲斐無《ふがいな》さを嘆《なげ》いたからか？

さすがにそこまではわからない。いま、それをこれ以上考えている場合でもない。

二人は、自然とツェルニの折れた足に目を向けた。

どちらにしろ、自分たちには難問が残されているのだ。

「ツェルニは、動けないのか？」

「たくさんあるんですから、一本失ったぐらいで動けなくなるなんてないと思いますけど……」

そうは言ったが、ツェルニが動いていないという事実がある以上、断言もできない。バランスを保《たも》つので精一杯なのかもしれないし、もしかしたら足以上に、例えば駆動《くどう》部分になにか重大な問題が生じているのかもしれない。

レイフォンは上空を見た。

「まだ見つからないですか？」

その言葉はニーナにではなく、すぐそばで待機していた念威《ねんい》端子《たんし》に向けたものだ。

フェリの念威端子だ。彼女は現在《げんざい》、いるであろう幼生体群《ようせいたいぐん》を投擲《とうてき》する存在を探《さが》している。ツェルニの中で都市外にまで念威を飛ばせるのは彼女しかいない。探査機《たんさき》も飛ばしているそうだが、発見と報告《ほうこく》だけならまだしも、移動《いどう》の危険性《きけんせい》も考えれば捕捉《ほそく》し続けることができる念威繰者《そうしゃ》も必要となる。

投擲されてきた方角は二波とも同じだったのだから、おそらくはその場からそれほど移動していないはずだ。

見つかれば、即座《そくざ》にレイフォンは向かうつもりだ。こんな芸当ができるのは汚染獣《おせんじゅう》の中でも老生体に限《かぎ》られるだろう。しかも、かなり古い部類に入るはずだ。

「現在三十キルメル。目標対象は見つかりません」

「そうですか」

三十キルメル。ランドローラーなしで移動するのはおそらくここら辺が限界《げんかい》だろう。速度や汚染物質遮断《しやだん》スーツの耐久性《たいきゆうせい》の問題というよりも、戦闘《せんとう》時間が長期化した場合、都市から引き離されすぎて戻《もど》ることができなくなる可能性《かのうせい》を考えれば、だ。ランドローラーがあれば携帯《けいたい》できるものが増《ふ》えるため、あとは念威繰者のフォローで戻ることができる。

しかし、三十キルメル以上もの長距離《ちようきより》からあんなものを投げつけてくることを考えれば……

鼻がまだ痛《いた》い。汚染物質《ぶっしつ》はとうにその効力《こうりょく》を失っているはずだが。いや、そもそもこれが本当に汚染物質なら、鼻に痛みを感じた時点で鼻血が出ていたとしてもおかしくないはずだ。

では、そうではないのか？

『戦闘の前は空気の匂《にお》いが変わると思わないかい？』

ふと、昔聞いた言葉を思い出した。

『僕《ぼく》はそれを感じると、とても心が躍《おど》るんだ。ああ、強敵《きょうてき》がやって来たって。今度はどれだけ僕の中にあるものを引き出させてくれるんだろうって』

戦闘狂《きょう》の言葉を、いままで実感したことはなかった。

だが、いまはそれがなんとなくわかる。

これは強敵が現《あらわ》れた時に感じる、緊張感《きんちょう》だ。

あの頃《ころ》は、自分の実力の底を見定めようなんて思ってはいなかった。ただ、これを倒《たお》せば報奨金《ほうしょうきん》がもらえるだろうなという考えしかなかった。

もちろん、自分の実力を上げることを怠《おこた》ったことはない。怠れば弱くなる。弱くなれば死ぬ。死ねばお金が稼《かせ》げない。単純《たんじゅん》な三段論法《だんろんぽう》だ。

なんとなく、ではある。あるが、あの時、戦闘狂が感じていたことは、もしかしたらこの汚染獣は倒せないかもしれない。という、彼の性格《せいかく》からしたらありえないような考えだったのかもしれない。

それは、きっと不安だからではないだろう。

そんな敵と戦いたいと思っていただけに違《ちが》いない。

あの頃のレイフォンは、手に入る報奨金のことしか考えてなかった。負ける可能性を考《こう》慮《りょ》しなかったというわけではないが、その時が来れば素直《すなお》に逃げようと心に決めていた。

それはつまり、自分がグレンダンに甘《あま》えていたということになるのだろう。

だが、いまはそれを考えなくてはならない。自分が不可能なら、このツェルニの誰《だれ》にも可能ではないだろうからだ。

いや、正確《せいかく》には負けるということではなく……

(三十キルメル以上……)

少なくともその近辺にいてほしいと思う。五十キルメルまでならば移動にそれほど時間はかからない。

だがそれ以上ならば。百キルメルを越えればどうか？　都市のような安全な道を走るわけではない。荒《あ》れた大地を走るのだ。無理をすればタイヤに負担《ふたん》がかかり、パンクということになる。そうなれば、無駄《むだ》な時間が加算されてしまう。

そして、移動に時間がかかればかかるほど、レイフォンがいない間にツェルニに幼生体が送り込《こ》まれる回数が増える。

今回のような三十体程度《ていど》の数を散発的に差し向けてくるだけなら、まだなんとかなる。

だが、それ以上の数を一度に送ることができるとしたら？

あるいは、投擲の速度を上げて来たとしたら？

武芸《ぶげい》大会がなければ、まだ体力的になんとかなったかもしれないのに。

そう、恐《おそ》れているのは負けることではない。

戦闘が終わって、帰って来た時にはツェルニが滅《ほろ》んでいるかもしれないということを、レイフォンは恐れていた。

（ああ、本当に、いまならよくわかる）

ここが、グレンダンではないということが。

グレンダンならば天剣授受者《てんけんじゅじゅしゃ》が全員出張《でば》ったところで、女王が残っている限り絶対《ぜったい》に安全という確信があった。

だが、ツェルニにいる武芸者たちの実力では絶対という言葉は決して生まれない。

女王がいないどころではない。

ここにはリンテンスもいなければサヴァリスもいない。デルボネもカウンティアもリヴアースもトロイアットもルイメイもバーメリンもカナリスもカルヴァーンもティグリスもいない。自分がいなくても、自分と同等かそれ以上の実力者がこんなにもいるという安心感が存在《そんざい》しない。

(なんで、こんな時に……)

レイフォンの脳裏《のうり》に浮《う》かんだのは幼《おさな》なじみの姿《すがた》だった。

自分がいない間に彼女にもしものことがあれば、彼女が幼生体《ようせいたい》の貪欲《どんよく》な食欲の餌食《えじき》になったりしたら……考えるだけで身震《みぶる》いする。

動けなくなる。

足に根が生えたかのようにツェルニから離《はな》れ難《がた》い気持ちになる。

(どうか、五十キルメル以内に)

だが、レイフォンの願いは数時間後に裏切《うらぎ》られることになる。

フェリの声が、五十キルメルに到達《とうたつ》、目標発見できずと伝えてきた。

その時レイフォンは、第五波の幼生体群《ぐん》と戦っていた。

†

発見の報《しらせ》は翌日《よくじつ》の朝に生徒会長の執務《しつむ》室《しつ》に届《とど》けられた。

「御《ご》苦労だったね。捕捉《ほそく》を続けたまま休めるかな？」

「はい。それでは、休みます」

妹の声が途切《とぎ》れる。カリアンは胸《むね》ポケットに収《おさ》めてある彼女の念威《ねんい》端子《たんし》を撫《な》でた。彼なりの慰労《いろう》のしかただ。

しかし……問題は距離《きより》だ。

百五十キルメル。

現実的《げんじつ》にその距離から投擲《とうてき》を可能《かのう》とする筋力《きんりよく》とはどれほどのものなのか？　そんなことを試算してみる気になれない。錬金《れんきん》科か、一般《いっぱん》教養科の理系《りけい》連中なら熱い議論《ぎろん》をかわすかもしれないが、カリアンはその答えを聞く気にはとうていなれそうになかった。

そんな異常《いじょう》な存在を倒《たお》せる武芸者となると……

「彼以外には不可能だろう」

だが、レイフォンが感じている不安を、カリアンも感じている。

百五十キルメル。

たしか以前、レイフォンに単独《たんどく》で老生体の排除《はいじょ》を頼《たの》んだ時も最終的にはこれぐらいの移動距離だったはずだ。

つまり、地形の具合にもよるだろうが、移動《いどう》に一日かかるということになる。

その間、例の汚染獣《おせんじゅう》がなにもしてこないという保証《ほしょう》はない。

いや、こちらの事情《じじょう》など関係なく攻撃《こうげき》してくるだろう。汚染獣には汚染獣の事情というものがあるのだから。

だとすればその間、どう耐《た》えるべきか？　すでにこの時点で襲撃《しゅうげき》は第八波に及《およ》んでいる。第三波以後からは、やや間隔《かんかく》が空くようになってきているが、だからといって油断《ゆだん》できるものでもない。武芸者たちの疲労《ひろう》はすでに蓄積《ちくせき》されてしまっている。

そして、決断を先延《の》ばせばそれだけ疲労は蓄積し、よりレイフォンという駒《こま》を動かしづらくなる。

ならば決断は即座《そくざ》に。

念威繰者《そうしゃ》の情報支援《しえん》があれば、投擲された幼生群をミサイルで撃墜《げきつい》することも可能だろう。だが、それとて数に限度《げんど》がある。

もう一つ保険《ほけん》が必要となる。

「彼らを扱《あつか》うしかないか？　しかし……」

その時、執務室の内線が電子音を鳴らした。階下にある事務室からだ。

来客があるという。電話口の女性事務員《じょせい》は明らかに動揺《どうよう》している様子だった。

その人物の名を聞いて、カリアンは女性の心境《しんきょう》が理解《りかい》できた。

すぐに通すように伝える。

以前にも会っている。

ツェルニの暴走《ぼうそう》中に、そして前回のマイアス戦の後に。

「今度はなにを企《たくら》んでいるのかな？」

だから、その人物が入ってくるなりそう尋《たず》ねた。

「企むもなにも。私たちが扱っている商品は『武力《ぶりょく》』です。こういう場面でこそ必要でしょう」

乾《かわ》いた電子合成の声に、ドアの閉《と》じる音が重なった。

無機質《むきしつ》な冷たい仮面《かめん》は、性別すらわからないその人物に不気味さを付加する。

だが、カリアンはそんな人物と二人きりだというのに動じることはなかった。

フェルマウス・フォーア。

サリンバン教導傭兵団《きょうどうようへいだん》の代表。

団長ではなく代表だ。

それは、この人物が念威繰者であるからなのか？

立場への推測《すいそく》は横に置いて、カリアンは頷《うなず》いた。

「なるほど。商品価値《かち》を上げるためにこのタイミングまでなにも言ってこなかったと？」

「それもありますが、前回の不祥事《ふしょうじ》もありますので。正直、こちらからは接触《せっしょく》がしにくかったという面も――」

「ふむ、つまり……頭を下げさせた奴《やつ》が泣きっ面《つら》をかいたところで、助けてやろうか。そういうことかな？」

「……あなたも、意外に根に持つ方のようですね」

「性格《せいかく》の悪い人間には事欠かなかったものでね」

カリアンは頬《ほお》を撫でた髪《かみ》に手を入れながら答える。徹夜《てつや》にこの状況《じょうきょう》が加わり、髪の毛から艶《つや》が失われている気がする。眼鏡《めがね》も外す。この人物の顔をよく見たところで表情からなにかを見いだせるわけでもない。こめかみ辺りに感じる頭痛《ずつう》が思考を放棄《ほうき》させようとしているが、それには抵抗《ていこう》する。

最終的には利用しなければならない相手。

だが、向こうから接触を持ってきた意図はなんだ？

「逃げる準備《じゅんび》はいつでもできるのですが、こちらの目的も果たせていません」

カリアンの意図を察したのかどうか。それとも無駄《むだ》な会話のやり取りがこの状況ではなんの意味もないという判断《はんだん》なのか、フェルマウスがそう言った。

「廃貴族《はいきぞく》を手に入れるには絶好《ぜっこう》のタイミングともいえるでしょう。ですが、滅《ほろ》びてしまっては元も子もないし、彼の恨《うら》みを買うのは今後のことを考えれば面白《おもしろ》くない」

「……つまり、状況をコントロールしたいと？」

「そうです。負けるかどうかのギリギリのライン。それぐらいの戦力援助《えんじょ》をいたしましょう。もちろん、そんなやり方ですので金銭《きんせん》での報酬《ほうしゅう》は要求しません」

「報酬は廃貴族？」

「場合によってはそれが憑依《ひょうい》した武芸者も」

フェルマウスは遠慮《えんりょ》なくその言葉を口にした。

「……つまり、私にツェルニの学生を見放せと？　それに対して、私がどんな答えを出したか、すでに知っていると思ったのだけれど？」

「しかし、あの時とは状況が違《ちが》います」

その通りだ。一度の数が少ないとはいえ、これだけの連戦が続けば死者は出るだろう。現在《げんざい》のところ重傷《じゅうしょう》による戦線離脱《りだつ》者は十一人。軽傷者は数えきれない。死者が出ていないのが救いだ。

だが、これからも戦い続ければいずれは死者を生むことになる。レイフォンがツェルニから離《はな》れれば、その可能性《かのうせい》はさらに増《ま》すことだろう。

一人ぐらい行方《ゆくえ》不明者が出たところで、それは生き残るために必要な死者ということになるのかもしれない。

フェルマウスはこのタイミングまで来なかったのではないのかもしれない。フェリが言うには、この人物は相当な念威繰者《ねんいそうしゃ》らしい。

ならば、こちらとほぼ同時に幼生体群《ようせいたいぐん》を投擲《とうてき》している本体を見つけたか？

そして、こちらの作戦を読み、その上でここに来ているのか？

あるいはこの部屋のどこかにフェルマウスの念威端子《たんし》があり、フェリとの会話を聞いたか？

どちらにしろ、主導権《しゅどうけん》はすでに向こうに握《にぎ》られている。こちらが欲《ほ》しいと願う戦力を保《ほ》有《ゆう》しているのは、目の前にいる仮面の念威繰者なのだから。

「いいだろう」

カリアンはゆっくりと頷いた。髪が一筋《ひとすじ》流れてきて、視界《しかい》に入りこむ。

「それでは」

フェルマウスは無駄な会話をしなかった。

ドアを抜《ぬ》けていく念威繰者をカリアンは黙《だま》って見送る。

「本気ですか？」

責《せ》める言葉が胸《むね》ポケットから響《ひび》いた。どうやら、休まずに聞いていたらしい。

「その質問《しつもん》に答える前に、やるべきことがあると思うけど？」

フェリだ。

「念威端子ならもう調べました。ありません。引き上げたか、最初からなかったのかはわかりませんけど」

「ならけっこう」

さすがは兄妹。妹の行動に満足を感じて、カリアンは笑った。

「ごまかさないでください」

「彼らの戦力が必要なのも確《たし》かだよ」

「しかし……」

「そう、『しかし』だ。まさか君は、実の兄が他人の命など平気で見捨《みす》てるような人間だと思っていたのかい？」

「……その可能性はぬぐえませんね」

自分の境遇《きょうぐう》に対しての恨みがそこには混《ま》ざっていた。レイフォンのものもあるだろう、きっと。

しかし、まぁ、そのことはいい。

「ニーナ・アントークを見張《みは》っていてくれ」

彼女が行方不明になった時のことを、カリアンは彼女自身から聞いている。

そして、廃貴族のことも。

ただ、第十七小隊の面々のように「話せない」「わかりました」では済《す》まされない。彼は都市の最高責任者《せきにんしゃ》だ。廃貴族がいるのならばツェルニの暴走《ぼうそう》が再《ふたた》び起こるかもしれない。ディン・ディーのようなことが再び起こるかもしれない。

執拗《しつよう》に事情聴取《じじようちょうしゅ》を行った。

だが、ニーナは頑《がん》として語らなかった。生徒会に対しての若《わか》い反抗《はんこう》心ではない。使命のような頑《かたく》なさがあった。

そのため、カリアンは時間の無駄を悟《さと》り、彼女を解放《かいほう》したのだ。

フェルマウスたち傭兵団《ようへいだん》がニーナに廃貴族がいることを知っているのかどうかはわからない。しかし、目星を付けていたとしてもおかしくないだろう。ツェルニの暴走はニーナが見つかると同時に止まったのだ。その事実を見逃《みのが》しているとは思えない。

「いざとなれば彼女を隠《かく》さなければならない。……少なくとも、レイフォンが戻《もど》ってくるまでは」

それがはかない抵抗に終わるかもしれないことを感じつつも、カリアンはそう告げる。

そして、そんな選択肢《せんたくし》しかない自分たちの境遇を呪《のろ》った。

†

「レストレーション」

淡々《たんたん》とした言葉に、青石錬金鋼《サファイアダイト》は光とともに答える。

現《あらわ》れたのは脇差《わきざし》だ。

剣《けん》の状態《じょうたい》の時にあった体積《たいせき》を守るため、身がひどく分厚《ぶあつ》くなっている。いっそ鉈《なた》と呼《よ》んでしまった方が似合《にあ》いかもしれない。

一振《ひとふ》りして具合を確かめると、基礎《きそ》状態に戻して剣帯に差し込《こ》む。

次に複合錬金鋼《アダマンダイト》だ。記憶《きおく》にある通りにスリットに錬金鋼《ダイト》を差し込み、狙《ねら》いの形に復元《ふくげん》する。

刀だ。サイズに変化はない。

ただ、形だけは鋼鉄錬金鋼《アイアンダイト》を参考にしたものとなっていた。

「どう？」

いくつかの構《かま》えを取って具合を確かめるレイフォンに、ハーレイが恐《おそ》る恐るといった感じで尋《たず》ねてきた。その顔には徹夜《てつや》の疲労《ひろう》がはっきりと表れている。

「ええ。これでいいです」

複合錬金鋼《アダマンダイト》も基礎状態に戻し、剣帯に差す。ずっしりと重くなった剣帯の感触《かんしょく》に、レイフォンは戦闘《せんとう》が少しずつ近づいていることを実感した。

百五十キルメル。

遠すぎる。

どんなに頑張《がんば》っても、辿《たど》り着くのは深夜になるだろう。

（その間を、どうする？）

念威端子《ねんいたんし》を通して、すでにカリアンから説明を受けている。サリンバン教導《きょうどう》傭兵団を使うという。ハイアがいなくても、他の傭兵たちはフェルマウスを中心にしてまとまっているという。

妹を誘拐《ゆうかい》した一味だというのに、よくやると思う。だが、その決断にはとりあえず感謝《かんしゃ》したい。幼生体程度《ようせいたいていど》ならば、ハイアがいなくても十分だ。

だが、相手には数と襲撃《しゅうげき》場所を自由にできるという優位性《ゆういせい》がある。

決して万全《ばんぜん》ではない。

しかし、これ以上は望めない。

そんなことはわかっている。これ以上の行動の遅延《ちえん》が決して有利に転じないこともわかっている。

やるしかないのだ。

ハーレイとキリクに礼を述《の》べ、レイフォンはその足で都市の地下へと向かった。これからすぐにランドローラーに乗り、目的の汚染獣《おせんじゅう》を目指すのだ。

都市の数か所にある作業用エレベーターの一つに乗って地下へと向かう。いくつかの通路を経由《けいゆ》し、途中《とちゅう》で戦闘衣の下に汚染物質遮断《ぶっしつしゃだん》スーツを着込んでから、下部ゲートに辿《たど》り着く。

ゲートへと続くドアの前にニーナがいた。

「隊長、休んでなくていいんですか？」

「お前こそ」

いま、第十七小隊が率《ひき》いていた第一陣《じん》には休息が与《あた》えられていた。ほんの二時間程度のことだがそれでも眠《ねむ》れるだけマシだ。

「休んでいくべきではないのか？」

「戦闘前には休みます。でも、今は少しでも早く動かないと」

いまのところ、例の汚染獣は移動《いどう》してはいない。だが、いつ移動を開始するかわからない。近づくのならばまだしも、遠のいてしまっては……

「そうか」

ニーナはため息を零《こぼ》した。

「それよりも隊長、もう少し剄《けい》の量を調節してください。長期戦の時は衝剄《しょうけい》の使用頻度《ひんど》は下げた方がいいです。活剄と違《ちが》って循環《じゅんかん》しませんからね、疲労《ひろう》度が違うんですよ。後、やっぱり手首の動きが甘《あま》いです。反動をもっとうまく逃がさないと。隊長みたいに重い武器《ぶき》を使ってる人は特に……」

「こんな時まで他人の心配か？」

ニーナに苦笑いされて、レイフォンは「あっ……」と言葉を止めた。

「すいません」

「いや、お前が悪いんじゃない。……わたしが頼《たよ》りないだけだな」

そんなことは……と言いかけて、レイフォンはなにも言えなくなった。

「金剛剄《こんごうけい》に雷迅《らいじん》。分不相応《ぶんふそうおう》な技《わざ》を教えてくれたというのに、わたしはまだ、お前の背中《せなか》を守れない」

「隊長……」

「だが、これだけは約束させてくれ、リーリンは、彼女はわたしたちが絶対《ぜったい》に守る。心配するな」

「あ……」

それが言いたくて、ニーナはここで待っていたのだろうか。

レイフォンを安心して戦いに向かわせるために。

「すいません」

そう言いそうになって、レイフォンは言葉を止めた。

違う。いま口にすべきなのはそんな言葉じゃない。

剣帯《けんたい》の感触《かんしょく》が腰《こし》にある。

刀。

これを握《にぎ》るために、ニーナはあんなにも自分を説得してくれようとした。それに対して、自分はなにをした？　まだ、なにもできていない。そのことが申し訳《わけ》ない。だけど、「すいません」を言うべきじゃない。「すいません」はもう言ったのだ。

「ありがとう、ございます」

つっかえながらの言葉に、ニーナは少しだけ虚《きょ》を突《つ》かれたのか目を丸くした。だが、それもすぐに笑《え》みに変わる。

力の抜《ぬ》けた、ほっとしたような笑みだった。

それにレイフォンは目を奪《うば》われた。

「……？　どうした？」

「あ、いえ。……大丈夫《だいじょうぶ》です。絶対に勝ってきます」

「無茶《むちゃ》をするなよ」

「それは、先輩《せんぱい》もですよ」

「ああ、わかってる」

ニーナが道を開けてくれた。レイフォンがドアを開ける。薄暗《うすぐら》い空間にランドローラーが一台用意されている。

「必ず、帰ってこい」

ドアを抜けたところで、ニーナの言葉が背中に当たった。

振《ふ》り返った時には、ドアはもう自動で閉《し》まっていた。

目的の場所に辿り着いた時には、予想通りに深夜になっていた。

目標物の十キルメル前でランドローラーを止める。安全そうな場所に隠《かく》し、その場から目標を観察した。

「デカイ、なぁ」

それは四足《しそく》の獣《けもの》に似《に》た形をしていた。翅《はね》を捨《す》て、完全に地上で移動する形態《けいたい》となってい

る。今は足を折り、腹《はら》を地面につけて休む姿勢《しせい》になっている。そうしていると、まるでなにかの巨大《きょだい》な像《ぞう》のように見えなくもなかった。

だが、一つ獣らしくない部分がある。

それは、背中から伸《の》びた太い煙突《えんとつ》のようなものだ。

「……あれから、幼生体《ようせいたい》を撃《う》ち出しています」

視界補助《しかいほじょ》としてヘルメットに装着《そうちゃく》された念威端子《ねんいたんし》からフェリが説明する。

「雌性体《しせいたい》……には見えないけど、でも、老生体のくせに繁殖《はんしょく》してるのは見たことあるし」

呟《つぶや》きながら、レイフォンは観察を続ける。本当ならばすぐにでも飛び出していきたいが、その大きさを見ただけで策《さく》なしでは難《むずか》しい相手だとわかってしまう。

「……わかりました」

「え？」

「地下を探《さぐ》ってみましたが、巨大な空洞《くうどう》がありました。中には雌性体らしき汚染獣《おせんじゅう》がいます」

「それって、もしかして……」

「はい。ここからでは見えませんが、あの汚染獣の腹部《ふくぶ》からパイプ状《じょう》のものが伸び、雌性体の腹部に突《つ》き刺《さ》さっています。考えられるのは、あそこから幼生体を吸《す》いこんでいるのではないかと」

そして、砲弾《ほうだん》状にしてツェルニに向けて撃ち出しているのか。

「それなら、まず……」

レイフォンは複合錬金鋼《アダマンダイト》と青石錬金鋼《サファイアダイト》を同時に抜き出し、両手に構《かま》えた。

「フォンフォン？　朝まで待たないのですか？　休憩《きゅうけい》を……」

「幼生体だけでも止める手段《しゅだん》があるんです。やらないと」

「ですが、復元《ふくげん》時の発光現象《げんしょう》で見つかる恐《おそ》れがあります。落ち着いてください」

今は夜だ。陽《ひ》が昇《のぼ》っている内ならごまかしようがあっても、夜ではそうはいかない。やれば、戦闘《せんとう》が始まるだろう。

疲労はどのくらいだ？　およそ二晩《ばん》の徹夜《てつや》、体力的な消耗《しょうもう》はさきほど飲んだ高濃度《のうど》栄養剤《ざい》と活剄《かっけい》で解消《かいしょう》されている。精神《せいしん》的なものは？　深呼吸《しんこきゅう》。大丈夫《だいじょうぶ》、落ち着いている。剄脈は？　武芸《ぶげい》大会と幼生体群《ぐん》との戦闘……疲労はあるものの軽微《けいび》、問題視するほどではない。武器は複合錬金鋼《アダマンダイト》。汚染獣のサイズからして名付きクラスである可能性《かのうせい》がある。それを考えれば不安だが、現状でこれ以上は望めない。

やれる。やるしかない。

「いきます」

「待って……」

フェリの言葉を最後まで聞かず、レイフォンは二つの錬金鋼《ダイト》を同時に復元した。

その光で汚染獣《おせんじゅう》が反応《はんのう》を示《しめ》す。彫像《ちょうぞう》のように固まっていた体がミシリと動き出す。

だが、休息状態にあった汚染獣の外皮はそう簡単《かんたん》に行動可能な硬度《こうど》までは下がらない。

その間に、左手の鋼糸《こうし》が汚染獣の腹へと潜《もぐ》り込《こ》む。隙間《すきま》を縫《ぬ》って進ませ、フェリの言葉通りにあったパイプを伝って地下へと向かう。

鋼糸が嫌《いや》な気配を伝えてきた。

「ちっ」

同時に、汚染獣の背中《せなか》にあった砲身が異様《いよう》な膨《ふく》らみを見せる。

鋼糸の数本でパイプの切断《せつだん》に挑戦《ちょうせん》。失敗。弾《はじ》き返された衝剄《しょうけい》が地面を削《けず》り、腹の隙間から土煙《つちけむり》が噴《ふ》いた。

膨らみが背中の砲身へと伝播《でんぱ》する。

レイフォンは飛び出した。重い複合錬金鋼《アダマンダイト》を右手に宙《ちゅう》へと飛ぶ。

目指すのは砲口。

巨大な物体がすさまじい圧力《あつりょく》を放散させながら飛び出してきた。

圧力に押《お》し返され、砲口の前にまで飛び出せなかった。それでもレイフォンはバランスを崩《くず》しながら技《わざ》を放つ。

外力系《けい》衝剄の変化、閃断《せんだん》。

だが、薄《うす》く凝縮《ぎょうしゅく》された衝剄は砲弾と化した物体の表面で弾け、破壊《はかい》するに至らなかった。

「くっ！」

体勢を立て直し、着地。その間に地下に潜行《せんこう》させた鋼糸で雌性体と残っていた幼生体を処理《しょり》する。

処理した幼生体の数が少ない。

残っていた幼生体のほとんどは、あの砲弾に込められてしまったか。

汚染獣が立ち上がろうとする。その時、すでに用なしとなっていたパイプが崩れ落ちた。巨体の全身から、岩の砕《くだ》けるような音が連続して鳴り響《ひび》く。休眠《きゅうみん》状態の硬化がまだ完全に解《と》けていないのに動こうとしているのだ。レイフォンはその場で錬金鋼《ダイト》同士を柄尻《つかじり》でかみ合わせ、刀を左腰《ひだりごし》に引き寄《よ》せる。

左手で刀身を握《にぎ》る。

抜《ぬ》き打ちの構え。

サイハーデン刀争術《じゅつ》、焔斬《ほむらぎ》り。

先ほどの閃断で、この汚染獣が生み出せる外皮の硬度がどれくらいのものかはわかった。

生半可な攻撃《こうげき》は通用しない。

ならば、まだ十分に動くことのできない今のうちに剄を練りに練り、一撃を加える。

一部でも外皮を切り裂《さ》けば、その部分を集中的に狙《ねら》うことができる。

狙いは、完全に立ち上がった瞬間《しゅんかん》。

外皮の表面を砕き崩しながら、汚染獣が完全に四肢《しし》を伸《の》ばし、立ち上がる。

いま。

レイフォンの姿《すがた》がその場から掻《か》き消えた。地面を蹴《け》った際《さい》に生まれた土煙《つちけむり》はわずか、その姿は次の瞬間、汚染獣の腹《はら》の下に現《あらわ》れる。

地面を掘《ほ》っていたパイプがあった部分に、真新しい、白っぽい外皮がある。

焔斬り。

刀身を走る衝剄。左手を覆《おお》う剄。

剄同士の衝突が生む火花が炎《ほのお》へと変じる。

抑《おさ》えつけられた力は居合《いあい》の形を生み、刀身は生み出した炎を切り裂き、切っ先に巻《ま》き付き、そして汚染獣の腹部に衝突《しょうとつ》する。

斬った。

焔返し。

返す刀で上段《じょうだん》からの斬りを放つ。生み出した傷《きず》はさらに拡大《かくだい》し、汚染獣の体液《たいえき》が噴き出した。

足を止めはしない。技を放った瞬間に旋剄《せんけい》で汚染獣の尻側に飛び出した。

地を響かせる音は、汚染獣が腹を襲《おそ》った衝撃に四肢を曲げたためだ。傷の痛みに足から力が抜けたか、それとも下にいたレイフォンを潰《つぶ》そうとしたか、それとも傷を庇《かば》おうとしたか……

三番目であれば、もう手《て》遅《おく》れだ。

反撃を警戒《けいかい》して距離《きょり》を取りつつ、レイフォンは複合錬金鋼《アダマンダイト》の柄尻に噛《か》み合わせたままの青石錬金鋼《サファイアダイト》に集中した。

鋼糸を腹の下に残しておいた。

蠢《うごめ》く鋼糸は傷口に侵入《しんにゅう》し、内部から巨体を切り刻《きざ》……もうとして硬い抵抗に阻《はば》まれる。

「ちっ」

分《ぶ》厚《あつ》い筋肉《きんにく》が侵入した鋼糸の動きを阻んだのだ。鋼糸越《ご》しに衝剄を流し込み、傷口を広げただけで鋼糸を退避《たいひ》させる。

汚染獣が跳躍《ちょうやく》した。その体重で押しつぶす気だ。反動が衝撃波《しょうげきは》と土煙を呼《よ》ぶ。レイフォンは衝撃波に合わせて後ろに跳《と》ぶ。

跳躍の最中に身をひねった汚染獣《おせんじゆう》とレイフォンは目があった。獣《けもの》のようなのだが、口はそれほど飛び出していない。目も前にある。複眼《ふくがん》であることを除《のぞ》けば、人間に似た顔立ちをしていた。

その口が開かれる。

嫌《いや》な予感に、レイフォンは即座《そくざ》にその場から大きく飛び退《の》いた。

重く鋭《するど》い音が、レイフォンが退いた場所で連続する。

「なんだ？」

汚染獣の口から鋭いものが幾《いく》つも吐《は》き出され、地面に突《つ》き刺《さ》さったのだ。

「汚染獣の牙《きば》のようです」

フェリの補足《ほそく》にレイフォンは納得《なつとく》した。汚染獣の口内には無数の牙が乱立《らんりつ》した状態《じようたい》で生えており、それを吐き出したのだ。

「厄介《やつかい》な」

あの巨体《きよたい》で、さらに飛び道具まで持っているとは……レイフォンは汚染獣の前に立たないように移動《いどう》する。

汚染獣はレイフォンを追いかけて正面を向こうとしているが、こちらは適度《てきど》な距離を取ることでそうさせていない。

その代わり、レイフォンからも攻《せ》めない。

「どうですか？」

「硬《かた》い、でかい、間合いが広い。厄介この上ないですね」

フェリの質問《しつもん》に、レイフォンは走りながら答えた。

距離を取りながら再《ふたた》び鋼糸で攻撃を仕掛《しか》けてみる。だが、外皮を削《けず》るのが精一杯な上に、さきほど与えた腹《はら》の傷もすでに埋まってしまったようだ。

「回復《かいふく》力は予想通り」

呟《つぶや》き、今度は汚染獣の正面に飛び出す。

「フォン……っ！」

迂闊《うかつ》な行動にフェリの声がヘルメットの中で響《ひび》いた。

牙が飛ぶ。

レイフォンは素早《すばや》く後方に下がり牙を避《よ》けた。

「射程《しゃてい》はおよそ五百メルトル」

「フォンフォン？」

フェリの戸惑《とまど》い気味な声にレイフォンは答えない。近づこうと走り出す汚染獣に合わせて、レイフォンも走る。やろうと思えば引き離《はな》すことも可能《かのう》なはずなのに、それもやらない。

レイフォンは一定の速度を保《たも》って汚染獣を引きずり回した。

それを遠くから眺《なが》めている者がいる。

「あれは、なにをやっているのでしょうか？」

すぐ側《そば》に漂《ただよ》う念威端子《ねんいたんし》に、ランドローラーに腰《こし》かけた男は答えた。

「能力調査《ちょうさ》かな？　一撃で倒《たお》すのは難《むずか》しそうだから、なにか罠《わな》にでもはめるつもりなんだろうね。そのために相手の能力を把握《はあく》しようとしてるんだよ」

「なるほど」

念威端子の主はフェルマウスだ。

そして、ランドローラーに乗る男は、サヴァリスだ。

「それで、行かないのですか？　あれと戦うつもりなのでしょう？」

サヴァリスがやってきて三ヶ月、まるでなにもしないままに過《す》ごしてきた。それは今日のような日を待っていたのだろう。しかしまさか、そのチャンスの日にツェルニから離れるようなことを言い出すとは思わなかった。

なにを考えているのか？

「心配しなくても、陛下《へいか》の命《めい》はきちんと守りますよ。……彼らが約束を守るのならうまくいくはずなんですけどね」

「約束？」

「まぁそれは、結果次第《しだい》というところ。それよりもレイフォンがなにをするか興味《きょうみ》があるので見てるんですよ」

サヴァリスはのんきに呟く。

この男はなにを考えているのだろう？　フェルマウスは把握しきれない。

なにしろ、ツェルニに来てから接触《せっしょく》したのは三ヶ月の間にほんの数度しかない。弟であるゴルネオのところに顔を出してはいるようだが、そこで寝泊《ねとま》りをしている様子はない。かといって、彼を追尾《ついび》しようとしても簡単《かんたん》に撒《ま》かれてしまう。途中《とちゅう》からは諦《あきら》めて向こうが接触してくるのを待つことにしていた。

だが、傭兵《ようへい》たちは焦《じ》れている。

傭兵団《だん》の解散《かいさん》を危《あや》ぶんだハイアの暴走《ぼうそう》は、不幸にも彼らの心をよりグレンダンへの帰還《きかん》に向けてしまった。サヴァリスが現《あらわ》れたこともそれに拍車《はくしゃ》をかけただろう。

だが、サヴァリスは傭兵たちにはなにも話さない。

まるで興味がないという様子だった。

それなのに、突然《とつぜん》現れてこんなことを持ちかけてくる。傭兵たちにはうまく話しておいたが、今回の汚染獣襲来《しゅうらい》を利用できなければ、もうフェルマウスには彼らをまとめることはできなくなる。

それほどに、傭兵団内の士気は低下していた。

(あれで、ハイアは中心として十分なカリスマ性《せい》を持っていたからな)

フェルマウスではだめだ。念威繰者《そうしゃ》だからというわけではなく、参謀《さんぼう》役というイメージが自他ともに定着してしまっている。周りもそう受け止めているし、自分自身でもリーダーのサポートをするという役割《やくわり》に慣《な》れ過ぎてしまっている。一時的なことだからと皆《みな》が納《なっ》得《とく》し、そしてハイアの代わりとしてサヴァリスがいるのだと思っている者もいるが、当の本人は、まるでこちらと関《かか》わろうとはしない。

(……あの子のためにも帰る場所を残してやりたかったが)

傭兵団という家を出たハイアが、いつか帰って来る時があるかもしれないと密《ひそ》かに考えていたが、どうやらその家を守ってやることはできそうにない。

「……やっぱりやめた」

苦い気分に浸《ひた》っていると、サヴァリスがそう呟《つぶや》いた。

「は？」

「レイフォンがなにをするのか見ようと思ってましたが、やめました。三ヶ月も観察してうんざりしてたのを思い出したんですよ」

そう言って、サヴァリスはランドローラーから離れていく。

端子を移動《いどう》させながら、フェルマウスは先ほどとは別の意味で苦々しく思った。

（ああ、この人には考えなんてない）

ただの気分屋だ。

「よし」

ひとしきり動き回り、レイフォンは頷《うなず》いた。

汚染獣の能力はよくわかった。

「それで、どうするつもりなんですか？」

途中からレイフォンの意図を察したフェリが尋《たず》ねてくる。

「普通《ふつう》にやったら、倒すのはたぶん無理ですね」

あっさりとレイフォンは告げる。

「そんな……」

「錬金鋼《ダイト》の強度が足りないんですよね。無茶《むちゃ》をして使うと短期決戦になるし、そもそもそれでも足りない」

複合錬金鋼《アダマンダイト》の排熱性《はいねつせい》の低さという欠点だけではない。レイフォンの本気の剄《けい》を受けきれる錬金鋼《ダイト》が、天剣《てんけん》しかないのだ。

「それがあっても押《お》し足りないかも。そもそも相手は間違《まちが》いなく名付きクラスだろうし……」

「では、逃《に》げますか？」

フェリの言葉はしごく妥当《だとう》なものだった。先ほどの撃《う》ち出した幼生体群《ようせいたいぐん》が最後なのだ。ツェルニにはこれ以上危機《きき》が重なることはない。だからこそ、レイフォンはこんなにも余《よ》裕《ゆう》をもって対策《たいさく》を練っている。

フェリとこんな会話をしている最中も追いかけてくる汚染獣から適度《てきど》な距離《きより》を取って移動しているのだ。

「いえ、それだとたぶん、ツェルニに直進してくるでしょうね」

「では……？」

時間をかけて弱らせるという手段《しゅだん》を取りたいが、それだとおそらくレイフォンの方が先に体力が底をつくことになるだろう。多少の傷《きず》など無視《むし》し、それどころか瞬《また》く間に回復《かいふく》してしまう汚染獣と、傷一つ負えば汚染物質に体をやられてしまうレイフォンとでは長期戦は本来、選ぶべき選択肢《せんたくし》ではない。

「考えはあります。うまくいくかどうかは微妙《びみょう》ですけど。……ところで、ツェルニの方はどうですか？」

「……あなたにそんなことを考える余裕があるとは、とうてい思えませんが？」

「そうですね、すいません」

フェリの言葉に素直《すなお》に謝《あやま》った。

ニーナたちを信じると決めたのだ。

「余計なことを考えず、どうするのか教えてください。手伝えることがあるならやります」

「だったら、僕《ぼく》が言う場所に念威爆雷《ねんいばくらい》を……」

言いかけ、レイフォンはそれに気づいた。

「なんだ？」

汚染獣の移動速度からして、余計な場所に視線を飛ばしている暇《ひま》はない。

だが、無視できなかった。

いきなり、巨大《きょだい》な剄が現《あらわ》れたのだ。

視線の先に、その人物はいた。

傭兵団《ようへいだん》のスーツを着ている。

「ハイア？」

自分で言って、その可能性《かのうせい》を即座《そくざ》に捨《す》てた。剄の色がハイアではない。

それに……

「素手？」

いや、両手足に甲《こう》が着けられている。錬金鋼《ダイト》製《せい》だ。

格闘術《かくとうじゅつ》。

それに、どこかで見たことがあるような……

十分に剄を練っただろうその男が動いた。

危《あや》うく男の動きを見失うところだった。俯瞰《ふかん》できる距離だったからこそ見逃《みのが》さずに済《す》んだ。すぐ近くで、こんな状態《じょうたい》で見ていれば、まず消えたように思ったに違いない。

「え？　嘘《うそ》……」

その瞬間《しゅんかん》、レイフォンは自分の目を疑《うたが》った。

速かったからではない。

剄の色、動き、そして……

汚染獣の巨体《きょたい》が、男の拳《こぶし》一つで浮《う》き上がったからだ。

「え？　え？」

現実《げんじつ》が理解《りかい》できない。混乱《こんらん》していた。だけど、あの男ならこんなことも可能だろう。レイフォンに気を取られていた汚染獣の横腹《よこはら》に正拳《せいけん》突きをし、さらに拳を連打していく。その度《たび》に汚染獣の外皮が剝《は》がれていく。

嬉々《きき》としたその顔が想像《そうぞう》できてしまう。

戦闘狂《きょう》の姿《すがた》がそこにあった。

「サヴァリス……さん？」

そうとしか思えない。

レイフォンは前に飛び出した。

フェリの呼《よ》びかけには答えない。剄を高める。なにがなんだかわからないが、押しこむチャンスであることは変わらない。

「フォンフォン？」

内力系活剄《けい》の変化、水鏡渡《わた》り。

レイフォンの姿が一瞬、自らが巻《ま》き上げる土煙《つちけむり》の中に消えた。

次にレイフォンが現れたのは、汚染獣を挟《はさ》んでサヴァリスとは反対の位置だった。

瞬間的に旋剄《せんけい》を越《こ》えた超《ちょう》移動を行ったレイフォンは突《つ》きを放つ。

反対のサヴァリスは、まるでそれがわかっていたかのように掌底《しょうてい》を叩《たた》きつけた。

サイハーデン刀争術、波紋抜《はもんぬ》き。

外力系衝剄《しょうけい》の変化、剛力撤破《ごうりきてっぱ》・咬牙《こうが》。

武器破壊《ぶきはかい》を応用《おうよう》したレイフォンの衝剄が突きとともに放たれ、外皮を抜き、内部を細胞レベルから破壊していく。同時にサヴァリスの放った技も内部破壊を起こす。

二方向からの浸透《しんとう》破壊に、汚染獣はたまらず苦悶《くもん》の叫《さけ》びをあげた。

「……くっ」

だが、レイフォンはすぐにその場から飛び退《の》くと距離を取って汚染獣の背後《はいご》に回った。

その手にある複合錬金鋼《アダマンダイト》を見る。刀身の一部が熱を持ち、赤く変化していた。スリット部分からも煙が上がっている。

これ以上の剄は複合錬金鋼《アダマンダイト》では保《も》たない。

「やぁ、やっぱり押しきれないか」

隣《となり》に現れたサヴァリスが気軽に呟《つぶや》いた。その手に嵌《は》められた手甲も、同じように熱を持って色を変化させている。

「サヴァリスさん、天剣《てんけん》は？」

「気軽に外に持ち出せるわけないじゃないか」

「信じられない」

レイフォンは天を仰《あお》いだ。せっかくの力強い援軍《えんぐん》も、やはりレイフォンと同じ制限《せいげん》を受けている。

「いやいや、僕は楽しいよ？　外の武芸者はいつもこういう不自由を味わっているんだ。なかなか大変だとは思わないかい？　あ、君はすでに何度か経験《けいけん》してるのか」

楽しそうに声を躍《おど》らせるサヴァリスに、レイフォンはヘルメット越しに冷たい視線を送った。

「狙《ねら》いは、やっぱり廃貴族《はいきぞく》？」

「そう」

隠《かく》すことなく、頷《うなず》く。

「だけど、こっちの方が楽しそうだからね」

「いつから……いや、リーリンをツェルニに運んだのは……」

「そう、僕」

今度も簡単《かんたん》に頷く。

「…………」

変だとは思っていたのだ。いくら運が良くても、いくら武芸大会と名付けられた学生武芸者の戦争だとしても、一般人《いっぱん》のリーリンが戦場を横切るなんて無茶《むちゃ》ができるわけがない。

誰《だれ》か協力者がいたのではないかとは、少しだけ思っていた。

ただ、こんな大物が手伝っていたなんて、思うわけがない。

「なんで、陛下《へいか》はそこまでして廃貴族を？」

「んん。それは僕が答えることじゃないね。特に、もうグレンダンにはいられない君にはね」

「…………」

「関係のないことだ」

声は気楽だが、そこには硬《かた》い拒絶《きょぜつ》がある。

「まぁ、そんな話は後だよ。倒《たお》さないといけないんだろう？　君と協力するのはベヒモト戦以来だ。あの時は天剣ありで、リンテンスさんもいた、ついでに外縁部《がいえんぶ》で怪我《けが》を気にしなくて良かった。いまは天剣なし、リンテンスさんなし、ついでにスーツ着用。いやいや、とことん不利。不利すぎて踊《おど》り出しそうだよ」

「勝手に踊っててください」

複合錬金鋼《アダマンダイト》を基礎状態《きそじょうたい》に戻《もど》し、剣帯に差す。一度、冷却しなくては怖くて使えない。

代わりに簡易型複合錬金鋼《シム・アダマンダイト》を復元した。

「倒せないのならいてもいなくても一緒《いっしょ》だ」

「お、言うね」

そうは言うものの、彼の存在《そんざい》がありがたいことに嘘はない。レイフォンとサヴァリスの技《わざ》に、しばらく汚染獣も動きを取れなくなっていた。この時に押し切れればまだいいのだが、こちらも錬金鋼《ダイト》を休ませなければならなかった。

やはり、考えていた作戦でやってみるしかない。

「邪魔《じゃま》をする気がないのなら手伝ってみますか？」

「ふふん、なにかを考えていたみたいだね。いいよ」

それで決まった。

活動を再開《さいかい》し、汚染獣が振《ふ》り返りざまに牙《きば》を吐《は》きかけてくる。

レイフォンとサヴァリスは左右に跳躍《ちょうやく》してそれをかわした。

†

幼生体《ようせいたい》だけであれば、なんとかなったかもしれない。

右で起こった絶叫《ぜっきょう》に、ニーナは思わず足を止めた。

「腕《うで》がっ！」

その悲鳴を最後にその男の声が途切《とぎ》れた。後ろに控《ひか》えていた誰かが当て身を加え、後ろに連れ去っていく。たった一日で戦傷者《せんしょうしゃ》の扱《あつか》いが格段《かくだん》に上がってきたのをニーナは感じながら、進路を変えて前に進もうとする幼生体の頭に一撃《いちげき》を加える。鉄鞭《てつべん》の衝撃《しょうげき》は幼生体の硬《かた》い外殻《がいかく》を貫《つらぬ》き、内部に浸透《しんとう》する。

その口から、もぎ取った腕が零《こぼ》れた。

次の一撃を打とうとして、それが足元に転がる。

踏《ふ》み付ける。

そう考えた瞬間《しゅんかん》、動きが緩《ゆる》んだ。

外殻と一体化した太い牙がニーナの眼前《がんぜん》に迫《せま》る。

その口内が突如《とつじょ》、爆発《ばくはつ》した。

「ニーナ！」

「っ！」

鋭《するど》い声に我《われ》に返ったニーナは、爆散した口内に鉄鞭を突き込み、内部で衝剄《しょうけい》を放つ。全身を震《ふる》わせて、幼生体が動かなくなる。

その体を盾《たて》に、ニーナは剄を練った。

雷迅《らいじん》。

超絶的《ちょうぜつ》な速度での突進と、衝剄。空気を摩擦《まさつ》させた剄と移動《いどう》は周囲に雷光をまき散らし、幼生体を数体、動かなくさせた。

技《わざ》を放ち終えたニーナは、即座《そくざ》に後方へと下がる。

わずかな休息にニーナは深く息を吐《つ》いた。

「動きを止めんなよ」

「すまん」

狙撃銃《そげきじゅう》を構えたシャーニッドにニーナは詫《わ》びた。危《あや》うく噛《か》み付かれそうになったニーナを救ったのは彼の一弾《いちだん》だ。

「こいつらにかまってる時間はそんなにないぜ」

そう言うシャーニッドの額《ひたい》に大粒《おおつぶ》の汗がいくつも浮《う》かんでいた。

その視線《しせん》の先を、ニーナは見る。

まだ、エアフィルターの外にいる。

外縁部の防衛《ぼうえい》ラインぎりぎりに配置した剄羅砲《けいらほう》による牽制《けんせい》が効《き》いているのだろうか、それはその場所を悠々《ゆうゆう》と舞《ま》って近づいてこようとはしない。

汚染獣《おせんじゅう》だ。

幼生体ではない、雄性体《ゆうせいたい》。

暫定的《ざんてい》に、撃《う》ち出されてくる塊《かたまり》は《卵《たまご》》と呼《よ》ばれるようになった。中に収《おさ》められている幼生体の数は、およそ二十から四十。フェリから届《とど》けられたレイフォンの敵《てき》本体との接触《せっしょく》、《卵》の射出阻止《しゃしゅつそし》の報《しらせ》までの間にすでに《卵》は第十五波を数えるまでになっていた。だがそれは、念威繰者《ねんいそうしゃ》が確認《かくにん》した数だ。実際《じっさい》の戦闘は第一波から数えて九度までしか行っていない。

いま戦っているのは、フェリの報によれば最後に射出されたもの、そして十度目の幼生体群だ。

一際《ひときわ》大きかった《卵》は、内部に百匹《びき》に及《およ》ぶ幼生体を抱《かか》え込《こ》んでいた。それらの対処《たいしょ》に追われるいまになって、不発弾のように眠《ねむ》り続けていた五つの《卵》が目覚めたのだ。

しかも、現《あらわ》れたのは幼生体ではなく五体の雄性体。

《卵》の中でどのようにして変化したのか？　ただの急速な成長か？　あるいは彼らの宿命であり本能である共食いによって生き残った五体なのか。

幼生体との戦いで疲労《ひろう》が積み重なった自分たちには、ひどく大きな脅威《きょうい》として映《うつ》った。

「ダルシェナの状態《じょうたい》はどうだ？」

いまだ乾燥《かんそう》していない翅《はね》から飛び散る液体《えきたい》が、斜《なな》めに傾《かし》いだ陽《ひ》の光を浴びて、赤みの強い虹色《にじいろ》の飛沫を散らす。

ダルシェナは、八度目の戦いの時に幼生体の体当たりを受けて、戦線を離脱《りだつ》している。

「足が折れただけだからな。後遺症《こういしょう》は出ねぇだろ」

「そうか」

彼女だけではない。ナルキもまた、まだ扱《あつか》い慣《な》れていない化錬剄《かれんけい》の多用のために剄脈疲労を起こし倒《たお》れてしまった。

夕陽を裂《さ》く光線がエアフィルターで反射する。剄羅砲が放たれたのだが命中はせず、夜空に一瞬の線を描《えが》いたまま終わった。

「このままだと、ミサイルを発射するな」

その結果に、ニーナは呟《つぶや》いた。

「商業科長のけちんぼが頭を抱《かか》える姿《すがた》が浮かぶな。ざまぁみやがれ、だ」

シャーニッドがそう笑う。声にやや投げやりな感があるが、まだ彼の気楽さは失われていない。そのことに、なんとなく救われた気分になった。

とにかく、いまはエアフィルターの外で跳《と》びかかる隙《すき》をうかがっている雄性体ではなく、目の前の幼生体をなんとかしなければ。

休憩《きゅうけい》を終え、ニーナは再《ふたた》び前線に躍《おど》り出た。シャーニッドの狙撃は的確《てきかく》に相手の外殻の隙間を撃ち、絶命させ、あるいは動きを鈍《にぶ》らせる。ニーナもまた、初戦の時ほど幼生体に対して脅威を感じていない。放つ鉄鞭《てつべん》の一撃は確実に衝撃《しょうげき》を内部に通し、危うい場面も金《こん》剛到《ごうけい》によって凌《しの》ぐだけでなく、体術《たいじゅつ》によって突破《とっぱ》することができた。

初戦……レイフォンと出会い、その実力と過去《かこ》を知り、衝撃を受けた後の幼生体との戦い。

あの時よりも成長している。ニーナはこの戦いでそれを実感していた。

だがそのことを喜んでいる余裕《よゆう》もない。敵は依然《いぜん》として外縁部《がいえんぶ》の向こうにいるのだ。

それでもニーナたちは、自分たちが任《まか》された領域《りょういき》から幼生体を駆逐《くちく》することに成功した。

これから、さらに雄性体と戦うのか。

エアフィルターの外で機会をうかがう雄性体の姿が、周りの武芸者《ぶげいしゃ》たちの士気に影響《えいきょう》を与《あた》えている。濃《こ》い疲労の色が絶望に変色しようとしていた。

そして、その気持ちにとどめを刺《さ》すような報がもたらされる。

「一部の幼生体が外縁部を突破。その際にミサイルの発射口を破壊。質量《しつりょう》兵器は使用不可《ふか》となりました」

フェリはレイフォンのサポートに専念《せんねん》している。これは別の念威繰者の声だ。

「なっ!」

その報にニーナは絶句《ぜっく》する。

「それで、幼生体は？」

質量兵器を封《ふう》じられたのは痛《いた》い。だがそれよりも、ニーナの危惧《きぐ》はもう一つあった。

「現在《げんざい》、突破された第三陣《じん》の一部が追ってますが、そちらはまだ幼生体を駆逐していないため……」

「こちらからも向かう！」

「おい、無茶《むちゃ》すんな！　お前もそろそろちゃんと休まねぇと……」

シャーニッドの止める声は聞かなかった。

「任せるぞ！」

即座《そくざ》に、ニーナは後をシャーニッドに任せ、一部を率《ひき》いて都市内に向かって走った。

汚染獣《おせんじゅう》は人を食らうために都市を襲《おそ》う。

ならば、防御《ぼうぎょ》を突破した幼生体が向かう先は決まっている。

シェルター入口。

念威繰者に確認《かくにん》するまでもなく、シェルターの入り口は全《すべ》て頭の中に叩《たた》きこんである。

第三陣のいた場所と、そこから近い入口を頭の中で描き出し、走る。後方についてきているはずの他の武芸者のことは考えない。

リーリンを守る。レイフォンに約束したのだ。もちろんそれだけではなく、一般人《いっぱんじん》を守るのが武芸者の役目だということはわかっている。

だがいまは、離《はな》れた場所で戦うレイフォンが戻《もど》ってきた時に、失望した顔を見たくないという考えが頭を占めていた。

ニーナの方が、一瞬早かった。

シェルターの入り口は道路の一部が動くことで開くようにできている。そこはいま、固《かた》く閉《と》ざされている。人間であれば標識《ひょうしき》でそこが入り口だということがわかるが、文字の読めないはずの幼生体たちもまた、迷《まよ》うことなくその場を目指していた。大量の人間が移動《いどう》した痕跡《こんせき》が、汚染獣の知覚によってありありと浮《う》かんでいるのかもしれない。あるいは彼らには強力な嗅覚《きゅうかく》があり、そこから漂《ただよ》う人間のにおいがわかるのか？

数は六匹。

翅《はね》を震《ふる》わして、迫《せま》ってくる。

一足早くシェルター入口の上に立ったニーナは、息を整える間ももどかしく、鉄鞭を振《ふ》るって先頭の一体を叩き落とした。

「つっ！」

その時、右手首に痛《いた》みが走った。捻《ひね》った？　違《ちが》う。おそらくは手首が重い武器を使うことに疲労《ひろう》した。その形が、さっきの一撃で現《あらわ》れたのだ。

『手首の動きが甘《あま》いです』

　こんな時に、別れ際《ぎわ》のレイフォンの言葉が頭に浮かぶ。鉄鞭のような重い打撃武器を使うということは、使い手側にかかる反動も決して馬鹿《ばか》にできるものではない。特に長期戦ともなれば……

　レイフォンはそのことを注意していたのだろう。

「くそっ！」

　痛みを追い出そうと、落ちた一体に左の鉄鞭で止《とど》めを刺す。

　後、五体。

　後方からの味方はまだ来ない。

　降《ふ》り注ぐように、残りが来た。

　衝剄活剄混合《こんごう》変化、金剛剄。

　全身を覆《おお》った剄がのしかかる幼生体たちを跳《は》ねのける。次の瞬間にはニーナはその場から抜《ぬ》け出し、いまだ翅を収《おさ》めていない幼生体たちの背中《せなか》に鉄鞭の連撃を浴びせる。

　これで二匹《ひき》。

　残りは三匹。

「ぐくっ！」

右手がさらに痛みを激《はげ》しくさせる。手首がうまく動かせないために、衝撃《しょうげき》はさらに肘《ひじ》の関節にまで襲《おそ》いかかる。

さらに、その右腕《みぎうで》を庇《かば》おうと左腕を激しく使ったことで、そちらの手首までが怪しい重さを感じるようになった。

両腕が重い。

(いつから……)

不意に、ニーナは自分を取り巻《ま》く状況《じょうきょう》とは関係のない疑問《ぎもん》が湧《わ》いてきた。

(いつから、わたしは『隊長』としか呼《よ》ばれなくなった?)

レイフォンのことだ。

最初は、『先輩《せんぱい》』という言葉もあったはずだ。だけどいつからか、『隊長』としか呼ばれなくなった。

それはいつからだ?

いままでそのことを意識《いしき》したことがなかったから、よく覚えてはいない。

だが、不意にいま、そうとしか呼ばれない自分に妙《みょう》な物寂《ものさび》しさを覚えた。

(わたしは、なんと呼ばれたいんだ?)

隊長、先輩、ニーナ……?

(馬鹿な)

今は、戦場にいるのだぞ。

殺しきれなかった三匹が翅を内側に収め、外殻《がいかく》を閉じる。黒い鎧《よろい》をまとった巨大《きょだい》な昆虫《こんちゅう》は、感情《かんじょう》のない複眼《ふくがん》を光らせ、ニーナに向けて動く。

腕が重い。鉄鞭を握《にぎ》る指が震《ふる》える。

だが、残りは三匹。

(関係がない。わたしは)

溜《た》められるだけの剄を溜める。

ここを守るのだ。

(約束したのだ。レイフォンと)

もう、あの男の悲しそうな顔は見たくないのだ。

衝剄《しょうけい》活剄混合変化、雷迅《らいじん》。

疾《はし》る。

駆《か》け抜ける雷光に触《ふ》れた汚染獣《おせんじゅう》が、その衝撃に吹《ふ》き飛ばされるよりも先に爆散《ばくさん》する。

この時、ニーナの中で技《わざ》の感触《かんしょく》がより確《たし》かなものとなった。

自分の技となった。そう確信《かくしん》するものがあった。

ディックに見せられ、そしてレイフォンに授《さず》けられた技が完成したのだ。

「やった……ぞ」

立ち止まる足に踏《ふ》ん張《ば》りがきかず、ニーナは路上にその身を投げ出し、転がった。

もう体が動かない。鉄鞭《てっべん》をまだ握っているのが奇跡《きせき》のように感じられた。

リーリンを守った。

疲労の極地の中で、ニーナは一瞬《いっしゅん》だけ、その達成感に酔《よ》った。

そう、一瞬だけだ。

空を見る形になったニーナの目に映《うつ》ったものは、最初、影《かげ》だった。

だが、それがすぐになんなのか、理解せねばならない。

黒い、五つの点。

さらに陰《かげ》った陽の中で、それは大きな影でニーナを覆う。

雄性体だ。

都市の周りを周回していた汚染獣が、ついにエアフィルターの中へと突入《とつにゅう》してきたのだ。

幼生体の対処に追われ、剄羅砲《けいらほう》にろくな人員を割《さ》けなかったために、無傷《むきず》のまま残った雄性体だ。

そして、ツェルニの武芸者《ぶげいしゃ》は、幼生体との戦いで疲《つか》れ切っている。

（このままでは……）

ツェルニが滅《ほろ》んでしまう。

レイフォンの帰る場所がなくなってしまう。

リーリンが死んでしまう。

それだけではなく、他にも多くの者が死んでしまう。

傭兵団《ようへいだん》は、なにをしている？

いや……ハイアを失い、それ以前に廃貴族《はいきぞく》を手に入れるために怪《あや》しい動きをする傭兵団は最初から信用できない。

廃貴族。

その言葉がニーナの胸《むね》で響《ひび》いた。

これは、狙《ねら》いか？

傭兵団はわざとツェルニの武芸者たちをギリギリの状態《じょうたい》で疲弊《ひへい》させ、絶望《ぜつぼう》するのを待っているのか？

ニーナの中にいるはずの廃貴族が目覚めるのを待っているのか？

「そんなこと……」

口に出そうとして、ニーナは喉《のど》もろくに使えない自分の状態に愕然《がくぜん》とする。立ち上がることすらできない。ただ、体が震えるだけで、筋肉《きんにく》がニーナの意思に応えてくれない。

これで負けと決まったわけではない。質量兵器《しつりようへいき》が使えなくなったからといって、それがどうした。まだ、ツェルニにはヴァンゼがいる、シンがいる。ゴルネオがいる。

雄性体を倒《たお》すのに、なんの不足もないはずだ。

（だが、だが……）

自分はここまでなのか？

レイフォンと約束したというのに、ここで寝転《ねころ》がっていることしかできないのか？

なんのために、自分は強くなったのか？

誰《だれ》かに任《まか》せることが悪いことだとは思わない。戦いの中にも役割《やくわり》があることを、ニーナはこれまでの戦いで十分に理解した。

それでも……

（それでも！）

「それが、君の本性《ほんしよう》だ」

突然、声が降《ふ》った。

「普段《ふだん》は固《かた》く頑迷《がんめい》な心の壁《かべ》に守られているが、それが君の本音だ。都市を守りたいという、君の、硬く硬く閉《と》じられた鎧《よろい》の奥《おく》に秘《ひ》められたものだ」

声の主は、ニーナのすぐ側《そば》にいるようだった。

だが、首を動かせないニーナからは見えない位置にいる。

「誰……だ？」

「泣きたいのだろう？」

その言葉に、ニーナは胸を鋭利《えいり》な物で突《つ》きぬかれたような衝撃《しょうげき》を覚えた。

「な……」

「電子精霊《せいれい》との約束。そうだ、約束だ。君は常《つね》に約束の中で生きている。武芸者としての約束、幼少期の約束、そしていま、心の柔《やわ》らかい部分に触《ふ》れ得るかもしれぬ者との約束」

「ぐっ……うう……」

誰だ？　誰がそんなことを喋《しゃべ》っている？

「君もまた、個人《こじん》としてしか生きられぬ者だ。それを包み隠《かく》す必要などない。土壇場《どたんば》に建前など不要だ。その思いの丈《たけ》を吐《は》き出すが良い。『力が欲《ほ》しい』とね」

ふざけるな！

そう叫《さけ》びたい。だが、声が出ない。

体が動かない。

「だから、授《さず》けてあげよう。君の中から起こしてあげよう。無間の槍衾《やりぶすま》を進む力を」

視界《しかい》に声の主の手が現《あらわ》れた。

その手には、なにかが握《にぎ》られている。

複雑《ふくざつ》に湾曲したなにかが、視界を遮《さえぎ》る。

なにもかもを見えなくさせる。


ニーナの顔は、仮面《かめん》に覆《おお》われた。

†

リーリンはふと顔を上げた。

「?」

なにか？　声が聞こえたような。

「どうしたの？」

隣《となり》にいたメイシェンが尋《たず》ねてくる。その顔色は悪い。

「あ、ううん」

どうやら、気のせいだったようだ。

リーリンたちはツェルニの地下にいくつかあるシェルターの一つにいた。壁《かべ》に背中《せなか》を預《あず》けて腰《こし》を下ろし、やることもないのでぼーっと天井《てんじょう》を眺《なが》めていた。足元には非常《ひじょう》用のあれこれが入ったバッグ、その近くには毛布《もうふ》が丁寧《ていねい》にたたまれている。天井にある空調はひっきりなしに動いているが、その苦労もむなしく、広い空間に人のにおいが染《し》み込《こ》もうとしているように感じられた。

非常時の避難《ひなん》マニュアルには、なるべくシェルターの真ん中にいるようにという警告《けいこく》があるが、リーリンはそれを守らずにまっさきに壁際《かべぎわ》を確保《かくほ》した。ミィフィなどはすぐにそれに賛同《さんどう》した。ここを選んだ理由はわかっていても、まじめなメイシェンは最後まで渋《しぶ》っていた。

だが、シェルター生活が三日目にもなれば、メイシェンもなにも言わず、真ん中に陣取《じんど》った人たちを不憫《ふびん》そうに眺めていたりしている。

このシェルターだけでも数千人の人がいる。

そして、トイレやシャワー室、その他の施設《しせつ》へと通じる通路は、当たり前ながら壁際にある。壁際を選ぶのは、シェルター生活経験《けいけん》の長いリーリンからしたら当然のことだった。

だが、他の人たちはそうではない。真ん中を選んだ人たちは要領《ようりょう》が悪い、というわけではなく、単純《たんじゅん》にシェルターで生活するという非常事態に怯《おび》えてしまったためだろう。

慣《な》れている自分の方がおかしいのだ、きっと。

「それにしても、今回は長いね」

そう呟《つぶや》くミィフィの声からは、いつもの明るさが減退《げんたい》しているようだった。

さすがに、そろそろみんな疲《つか》れてきている。同時に、危険《きけん》に慣れ始めたためかこの場所にとどまらず、なんとか体を動かそうと通路へと出ていく人は多い。同じような理由で喧《けん》嘩《か》を起こす人もいる。

いままさに、それが起きた。

だが、騒動《そうどう》はすぐに鎮圧《ちんあつ》された。見周っていた都市警察《けいさつ》の人たちによって押《お》さえつけられた騒動の主たちは、どこかに連れていかれる。

取り押さえた警察官の中に見知った顔があったのか、ミィフィが手を振《ふ》った。

それに、警察官の一人が応《こた》えて近づいてくる。

リーリンも誰かわかった。花火の時にいた人だ。

「どうだ、元気か？」

「あはは、さすがにちょっと疲れたかも」

フォーメッドの問いかけに、ミィフィが困《こま》った笑《え》みで答えた。

「まぁな、さすがに長いか」

フォーメッドの顎《あご》にある無精鬚《ぶしょうひげ》がかなり濃《こ》くなっていた。

「上の様子はどうなんですか？」

「ん？　順調のようだ。ただ、散発的に襲《おそ》って来ているらしくてな。時間だけはかかると言ってたな」

するりとフォーメッドが答えた。

「そっかー」

ああ、とミィフィがたたんだ毛布に倒《たお》れこむ。

それに合わせて、メイシェンも同じように倒れこんだ。

「メイ？」

おかしく感じて、リーリンは声をかけた。

メイシェンはこんな風にする子ではない。

返事をしないメイシェンにミィフィもおかしく感じて、その顔を覗《のぞ》きこんだ。

血の気の失せたメイシェンが荒《あら》い息を零《こぼ》していた。

すぐに医務室《いむしつ》に運ばれた。

疲労による発熱だそうだ。原因《げんいん》は極度の精神《せいしん》的な緊張《きんちょう》によるものだろうということだった。医務室のベッドにはメイシェンと同じような症状《しょうじょう》の人が何人も寝《ね》かせられていた。

どれだけ広く、地上にいるツェルニの全住民を収容《しゅうよう》できる空間があろうとも、ここが閉《へい》塞《そく》した空間で、同時に緊急事態《じたい》であることは変わりない。そのことによる精神的疲労で倒れてしまう人はけっこういる。

グレンダンにだって、そういう人たちはいた。

メイシェンに付き添《そ》うミィフィも、さっきよりも疲れた顔をしていた。

（ナルキがいないから）

いつも三人でいたのに、その三人が非常事態で揃《そろ》わないのが彼女たちを弱らせている原因だろう。リーリンはそう思いながら、彼女に飲み物をもらってくると告げた。ミィフィは弱々しく頷《うなず》いた。

医務室を飛び出し、通路の空気を胸一杯《むねいっぱい》に吸《す》う。

リーリンだって、倒れてしまいそうだ。

ここがグレンダンではないからか？　天剣授受者《てんけんじゅじゅしゃ》がいないからか？

でも、レイフォンがいる。リーリンはレイフォンを疑《うたが》わない。怪我《けが》しないと良いなとは思うが、その強さは疑わない。疑わないことこそ、平静でいるための第一条件だからだ。

それなのに、なぜだろう？　この間倒れて、まだ体力が戻っていないからだろうか？

考えながら、リーリンは給湯室に向かった。

その足が止まった。

なぜ止まったのかよくわからない。だけど、足は止まっていた。

そこには枝道《えだみち》が一つある。トイレにもシャワー室にも、手伝いに行く調理室にも通じていない。

そこを向かえば、外へ行くことができる。

リーリンは、なぜかそちらに曲がった。

いま行ったところで外に出られるわけではない。入口の部分は何重もの隔壁《かくへき》で閉《と》じられているはずだ。

だが進む。

その通路には人の姿《すがた》はなかった。さすがにすぐ外に汚染獣《おせんじゅう》がいるかもしれないという感覚には耐《た》えられないのだろう。

しばらくして、やはりと言おうか行き止まりとなった。隔壁は閉じられている。

「なにしてるんだろう、わたし？」

思わず呟いた。自分の行動理由がよくわからない。

だが、たとえリーリン本人にわかっていなくとも、その行動には理由がある。

「うっ……」

いきなりのことに、リーリンは顔を手で押さえてその場で膝《ひざ》をついた。

右目が痛《いた》い。

生半可《なまはんか》な痛みではなく、リーリンはその激痛《げきつう》に声さえ出せなかった。まるで右の眼球《がんきゅう》を繋《つな》ぐ視《し》神経《しんけい》が一度に切られたような、そんな痛みだ。痛みだけが独立《どくりつ》した存在《そんざい》のようになり、まるで自分のもののような感じがしない。

右からだけ、涙《なみだ》がとめどなく溢《あふ》れてくる。

（なに……？）

痛みと涙で瞼《まぶた》を開けられない。

そう思っているはずなのに、右目は閉じられた隔壁の映像《えいぞう》をリーリンに届《とど》けていた。

手で押さえたままだというのに。

頭がくらっとする。

それはたぶん、痛みだけのせいではない。

いつの間にか、隔壁の前に女の子が立っていた。

ぼやけて見えるから、頭がくらっとするのだろう、たぶん。

どうしてぼやけて見えるのか？

それは、右目だけでその女の子が見えているからだ。

黒い服に黒い髪《かみ》。まるで葬儀《そうぎ》にでも出向くかのような出で立ちの女の子がそこに立っている。

（あなたは、なに？）

右目から涙が止まらない。

痛いからなのか？　それとも他の、なにか強い感情《かんじょう》に押されて溢れているのか、なんだかよくわからなくなる。

女の子は振《ふ》り返らない。

ただ、隔壁と向き合っている。

その向こうに、なにが？

†

遅《おそ》かった。

いや、動きようがなかったともいえる。

汚染獣が襲《おそ》ってきたことはわかっていたが、こんな大勢《おおぜい》の前で力を振るうことにディックは躊躇《ちゅうちょ》していた。

自分が行動を起こせば、良かれ悪しかれ、多くの者が影響《えいきょう》を受ける。その影響がどのような形を与《あた》えるか？　あるいはそれこそが狼面衆《やつら》の目的か？

知らないなら、知らないままでいいのだ。
だが、もはやそうも言っていられない。
仮面《かめん》が空を舞《ま》っている。
手に持つのは二つの鉄鞭《てつべん》。
ニーナ・アントーク。
だが、その仮面は狼面衆《ろうめんしゅう》のものとは少し違《ちが》う。形は同じ、そこに刻《きざ》まれた紋様《もんよう》も同じ。
それでも違う。
建物を足場にして、ニーナは跳《と》ぶ。
その軌跡《きせき》を青い光が描《えが》く。仮面の隙間《すきま》から溢れ、全身を覆《おお》い、空中で尾《お》を引くその光が
狼面衆たちの仮面にはない。
あれこそ、廃貴族《はいきぞく》の力の表れだ。
「くそっ、目覚めやがった」
どういう経緯《けいい》でニーナに廃貴族が取り憑《つ》いたのかディックは知らない。だがそれでも現《げん》
実《じつ》はそこにある。
同じ末路を辿《たど》るか？
「させるか！」

ディックも跳んだ。その過程《かてい》で進路を邪魔《じやま》する汚染獣《おせんじゆう》の頭を叩《たた》き潰《つぶ》す。

それが最後の一体だった。

残りの四体は瞬《また》く間にニーナの鉄鞭に屠《ほふ》られ、ツェルニの大地に屍《しかばね》を晒《さら》している。

頭を叩き潰され、落下を始めた汚染獣の首にディックは立った。そして、背中《せなか》にニーナが立つ。

二人が向き合う。

「おい、正気はあるか？」

ディックの問いに、しかしニーナは無言。

「その仮面をおれに渡《わた》しな、楽になるぜ？」

やはり、答えはない。

「くそっ、呑《の》まれてるか」

それもまた、かつての自分と同じ、だ。

「…………」

落下する汚染獣の背中でニーナが鉄鞭を構《かま》えた。

ディックをどう捉《とら》えたか？　敵《てき》か？

異物《いぶつ》か？

「それなら、かっぱらっちまうだけだ。欲《ほ》しいものは力尽《ず》く」

言うと、ディックは自らの鉄鞭を肩《かた》に担《かつ》ぐようにして構える。空いた手がディックの顔を覆《おお》う。

その手が離《はな》れた時……

「それが、強欲《ごうよく》都市ヴェルゼンハイムの流儀《りゅうぎ》だ」

ディックの顔もまた同じ仮面に覆われた。

汚染獣が地面に激突《げきとつ》する。

二人の武芸者《ぶげいしゃ》が、青い軌跡《きせき》を描《えが》いて跳んだ。

# エピローグ――BANG!!――

牙《きば》が乱《みだ》れ飛ぶ。

ギリギリのところで、サヴァリスがそれを避《よ》ける。すぐそばに自分の身長ほどもある牙が乱立《らんりつ》する様に、背骨《せぼね》が震《ふる》えるような感覚を覚えて、サヴァリスはヘルメットの中で笑《え》みを深めた。

そのまま踏《ふ》みこもうとしてくる老生体に、サヴァリスは距離《きょり》を取るのではなく、逆に詰《つ》める。

次に牙が飛ばせるようになるまで、最短で十秒。

レイフォンが観察した結果に誤《あやま》りはない。サヴァリスはわざとのんびり時間をかけて老生体へと近づいていく。

十秒。

老生体の口が開いた。

その瞬間《しゅんかん》、口内で爆発《ばくはつ》が生まれる。

レイフォンだ。

今まさに吐《は》き出されようとしていた牙が衝勁《しょうけい》の爆発によって口内で爆散し、その破片《はへん》が内部を荒《あ》らす。

体液《たいえき》を吐き出しながら、老生体が怒《いか》りの咆哮《ほうこう》を上げた。

目標をレイフォンに変え、突進《とっしん》してくる。

レイフォンは微妙《びみょう》な距離を保《たも》ちながら、逃《に》げる。

老生体が追ってくる。その足音は地を揺《ゆ》らす。地震《じしん》にも似《に》た激《はげ》しい揺れに、レイフォンは足をすくわれないように慎重《しんちょう》に進まなければならない。それでもレイフォンの速度は老生体と完全に同期し、距離の差に誤差《ごさ》レベルでの変化しか生まれない。

視界《しかい》の隅《すみ》にはフェリが表示《ひょうじ》してくれた地図がある。中心にある青い光点がレイフォン。背後の赤い光点が老生体。そして赤い光点を追う黄色い光がサヴァリス。

まっすぐに進んでいくと、やがて赤と黄色の縞模様《しまもよう》の記号が広範囲《こうはんい》を埋《う》め尽《つ》くす場所にやってきた。

「目的地到着《とうちゃく》まで二十秒」

フェリの声がヘルメットに響《ひび》く。

その声に、やや緊張《きんちょう》したものが混《ま》じっているような気がした。

「目標が侵入《しんにゅう》したら、すぐに始めてください。僕《ぼく》のことは気にせずに」

レイフォンはフェリの緊張が、作戦が成功するかどうかのものだと受け止め、強く確認した。

「……わかりました」

速度はそのまま、レイフォンは走る。老生体が追いかけてくる。

(気づくなよ)

そう願いながら、走り続ける。

やがて、レイフォンが記号地点に入り込《こ》み、そのすぐ後に老生体が飛び込んでくる。

「爆破」

フェリとフェルマウス。二つの声が同時に告げる。

声を追うように、地鳴りが周囲を埋《う》め尽くした。足元が揺らぐ。崩壊《ほうかい》の予兆《よちょう》に、レイフォンは真上に跳《と》ぶ。

ここは、最初にレイフォンが老生体を見つけた場所だ。

老生体が《卵》を撃《う》ち出していた場所。

その地下には雌《し》性体《せいたい》がいた。

つまり、巨大《きょだい》な空洞《くうどう》があったということだ。

フェリとフェルマウスの念威《ねんい》端子《たんし》を要所に設置《せっち》し、念威爆雷《ばくらい》として爆発させ、地盤沈下《じばんちんか》を引き起こしたのだ。

足を取られた老生体は、自重《じじゅう》のために崩壊から逃《のが》れることができない。それでも、崩《くず》れ落ちる中でもがく老生体に、後ろから追ったサヴァリスが飛び蹴《げ》りを食らわせた。

「素直《すなお》に落ちときなさい」

足に乗せた衝剄《しょうけい》が老生体の尻《しり》から下半身に伝播《でんぱ》し、動きを鈍《にぶ》らせる。それが止《とど》めとなって、出来上がった巨大な穴《あな》の中に転がり落ちた。

サヴァリスもまた蹴りの反動を利用して真上に跳ぶ。

崩落の中でバランスを崩した老生体はその巨体を転がし、さらなる崩落を呼《よ》び寄《よ》せる。

そして、腹《はら》を見せたところで落下が終わった。

宙《ちゅう》を舞うレイフォンはそれを確認《かくにん》すると、複合錬金鋼《アダマンダイト》の柄尻《つかじり》に繋《つな》げていた青石錬金鋼《サファイアダイト》を外した。

左手で、逆手《さかて》に持つ。

力強く、握《にぎ》り締《し》める。

剄を極限《きょくげん》まで凝縮《ぎょうしゅく》させる。極限……青石錬金鋼《サファイアダイト》が暴発《ぼうはつ》するか否《いな》かの極限状態《じょうたい》まで。

錬金鋼《ダイト》が放つ光が青から、やや赤味を帯びるようになったその瞬間《しゅんかん》――

――外力系衝剄《けいしょうけい》の変化、轟剣《ごうけん》――

——投じる。

溜《た》めこまれた衝剄は刃状《はじょう》の形を得、長大に伸《の》びる。その色は錬金鋼の許容量超過によって灼熱《しゃくねつ》の紅《あか》と化し、空気中に火の粉を散らしながら老生体の腹に吸《す》い込まれていった。

爆発が起きる。青石錬金鋼《サファイアダイト》の自壊を銃爪《ひきがね》に、凝縮された衝剄が四方に破壊をまき散らす。

そこに生まれたのは、広範囲《こうはんい》に外皮を抉《えぐ》られ曝《さら》け出された老生体の肉。

「先に行くよ」

跳躍《ちょうやく》してレイフォンに向かってくるサヴァリスがそう告げた。

レイフォンは複合錬金鋼《アダマンダイト》のみね部分をサヴァリスに向けて振る。彼はそこに足を置き、下に向けて跳んだ。

その反動で、レイフォンの滞空《たいくう》時間が延《の》びる。

サヴァリスは直下に向けて降下《こうか》する。傭兵団《ようへいだん》から拝借《はいしゃく》した戦闘衣《せんとうい》には彼専用《せんよう》の細工などない。

それゆえ、威嚇《いかく》術から派生《はせい》したルッケンスの秘奥《ひおう》である咆剄殺《ほうけいさつ》は使えない。

拳《こぶし》を握り締める。

(まぁ、試《ため》してみるかな)

サヴァリスの頭の中に、一つの言葉が浮《う》かんでいた。

絶理《ぜつり》の一。

ゴルネオにも言ったその言葉。それはルッケンスの伝える格闘術《かくとうじゅつ》の系譜《けいふ》の中にあるものではない。各々《おのおの》それらを修めた者が、自らの必殺の一拳として技《わざ》の一つを昇華《しょうか》させることを指す。

サヴァリスはこれまで絶理の一を定めてはいない。一つの技の型に自らを収《おさ》めてしまうことは、それ以上の発展《はってん》を阻害《そがい》するように思えたからだ。

だが、ツェルニに来てから身を隠《かく》すために鍛練《たんれん》を満足に行えず、ゴルネオを鍛《きた》えていることで日を過《す》ごすうちに考えが少しだけ変わった。

変わって、選んでみた。

選べば、それを磨《みが》くだけだ。

磨くといっても想像《そうぞう》の内でのみ、それを即座《そくざ》に戦場で適用《てきよう》することは無謀《むぼう》の類《たぐい》だろう。

だが、それをする。

それこそが天剣授受者《てんけんじゅじゅしゃ》であり、それこそがサヴァリスだ。

それに実を言えば、すでに手応《てごた》えは得ている。

外力系衝剄の変化、絶理の一、剛力撤破《ごうりきてっぱ》・突《とつ》。

その肉に拳を叩き込む。

剛力撤破は浸透《しんとうは》破壊系《かい》勁技の類型だ。ルッケンス武門における格闘術の真骨頂《しんこっちょう》でもある。汚染獣《おせんじゅう》という、大きさにおいてははるかに人間に勝るものを相手に、いかにして素手《すで》の破壊をその肉体の内部に影響《えいきょう》深く与《あた》えるか、それを研鑽《けんさん》した末に生まれた技の体系だ。咆剄殺はその末、拳が使えなくなったとしてもなお戦う意思を現実化させるために生まれた秘奥だ。使える者があまりに少なく、そのためにまるでルッケンス最高位の技のように思われているが、使えるサヴァリスからしてみれば、震動《しんどう》がまず空中で拡散《かくさん》し、次に汚染獣の体表で散ってしまうので、使う場面を間違《まちが》えれば大した効果《こうか》を望めない。

剛力撤破・突。

拳打の破壊をより深く深く、汚染獣の深奥まで突き抜けさせ、爆発させる技。

衝剄を乗せた拳で、破壊が起きる。乗せた剄の量に手甲《しゅこう》が耐《た》えられなかったのだ。

だが、手応えはあった。

老生体が激しく震える。開かれた口内から体液が濁流《だくりゅう》のように吹《ふ》き出した。

サヴァリスは素早く後退し、戦闘衣に縫《ぬ》い付けられたポケットから小型の応急《おうきゅう》スプレーを取り出し、拳に吹きかける。グローブの裂《さ》けた部分がそれで埋《う》まった。だが、拳からは激痛《げきつう》が絶《た》えない。

右手は、もうこの戦闘では使えないものと考えるしかない。

次の一手。

応急スプレーを取り出した場面で、視界を素早く影《かげ》が走った。

レイフォンだ。

複合錬金鋼《アダマンダイト》を、巨大《きょだい》で長大な刀を、体をねじり、まるで背《せ》に隠《かく》すようにして構《かま》えたまま
にして落ちる。

その背後《はいご》に回った刀身では、やはり剄が凝縮している。

刀を振るう。

刀身に凝縮された剄がその瞬間《しゅんかん》、消失した。

天剣技、霞楼《かすみろう》。

レイフォンが天剣授受者となって編《あ》み出した独自《どくじ》の技だ。

それはサヴァリスの剛力撤破に通じる、浸透破壊ならぬ浸透斬撃《ざんげき》。一線と化して放たれ
た斬撃、その刃《は》から放たれた衝剄は目標の内部に浸透し、目的の場所で多数の斬撃の雨と
なって四散する。それは、斬撃によって織《お》りなされた一瞬の楼閣《ろうかく》の如《ごと》く、敵《てき》の間合い内に
回避不可能《かいひふかのう》な斬撃の重囲を築《きず》き上げる。

「っ!」

技を放ち終えた瞬間、レイフォンは複合錬金鋼《アダマンダイト》を残心の形のまま放り捨《す》てた。

遠くで、剄の負荷《ふか》に耐えかねた複合錬金鋼《アダマンダイト》が爆発《ばくはつ》する。

老生体は、サヴァリスの技によって内臓《ないぞう》に深刻《しんこく》なダメージを負い、その上でレイフォンの技によって切り刻《きざ》まれた。

汚染獣とて生き物には違いない。いくら強力な外皮と再生《さいせい》能力によって守られようと、これほど内部に傷《きず》を受ければ……

汚染獣から離れ、レイフォンとサヴァリスは土砂《どしゃ》に埋もれたままの老生体を眺《なが》める。

「これで、終わったかな？」

「だといいんですけど」

サヴァリスの言葉に、レイフォンはそう願った。サヴァリスは利《き》き手を、レイフォンは錬金鋼《ダイト》を二本犠牲《ぎせい》にした。利き手が使えないサヴァリスもそうだが、補助《ほじょ》として使っていた鋼糸の青石錬金鋼《サファイアダイト》、現状《げんじょう》でもっとも剄を使える複合錬金鋼《アダマンダイト》の二つを失ったレイフォンも、戦力が落ちたのは明白だ。

あれで殺しきれなければ、もう倒《たお》す術《すべ》はない。

「念のために首を落としとくべきだけど土の下だし、あの分厚《ぶあつ》い外皮と筋肉《きんにく》……いまの僕たちではちと骨《ほね》だねぇ」

サヴァリスも自分たちの現状を冷静に判断《はんだん》している。

だからこそ、ここで黙《だま》って結果を見守らなければならない。

そこに、フェリからの不幸な知らせが届《とど》いた。

「……対象内部で温度の上昇《じょうしょう》を確認《かくにん》」

殺せなかった。

巨体《きょたい》の身じろぎが地盤《じばん》の危《あや》うくなった周辺の地面を揺《ゆ》らす。土砂を蹴《け》り出して足をばたつかせ、大きな傷を負った腹《はら》を体液《たいえき》を吹き出しながらもよじらせて体を起こそうとする。

サヴァリスは黙って左手で拳《こぶし》を作り、レイフォンも簡易型複合錬金鋼《シム・アダマンダイト》を復元《ふくげん》した。

「まっ、やるだけやるしかないよね」

「……そうですね」

同意するレイフォンのヘルメットでフェリの声が響《ひび》く。

「逃《に》げてください」と……

だが、逃げる場所などどこにある？　ツェルニの足は折れ、動けたとしてもその速度はこの老生体から逃げ切れるものではないに違いない。

なら、やるだけやるしかない。

レイフォンは静かに、あるいはあるかもしれない可能性について考えた。

「BANG!!」

その声を、レイフォンは聞いたわけではない。聞こえるわけがない。

だがこの後、それの正体を知った時、レイフォンはあの人ならばこんなことを言っていたとしてもおかしくはないと思った。

それは一条《いちじょう》の光だ。

光線は起き上がったばかりの老生体の頭を突《つ》き抜《ぬ》け、そして四散させた。

だが、それはあくまでこの後の話。

「……なにが？」

突然《とつぜん》のことに、レイフォンは巨体が倒れる地鳴りに揺られている自分が信じられなかった。

目の前の汚染獣《おせんじゆう》は死んでいる。フェリに確認してもらうまでもない。完璧《かんぺき》に、絶対《ぜったい》的に死んでいる。

「さあて。とりあえず、僕たちは助かったということですね。それが自分の実力とはまるで関係してないというのが屈辱《くつじょく》的ですが」

言葉の割《わり》に、サヴァリスの声は冷めている。

「となれば、あとはここに来た役割を果たさせてもらうだけです」

その言葉で、動揺《どうよう》していたレイフォンの意識《いしき》は瞬《また》く間に落ち着きを取り戻《もど》させられた。

廃貴族《はいきぞく》の奪取《だっしゅ》。

それは、現在廃貴族に憑依《ひょうい》されているニーナごと拉致《らち》するということに違いない。

「……できれば、やめませんか？」

慎重《しんちょう》に、レイフォンは言葉を選んだつもりだった。サヴァリスの実力は十分に承知《しょうち》している。天剣《てんけん》がないとはいえ、戦いたくはない相手だ。

「さて……僕《ぼく》ひとりなら、ここで君と戦えればそれなりに満足するけどね。でも、陛下《へいか》がそれで満足すると思う？　あるいは陛下が許《ゆる》したとしても、頑固《がんこ》なカナリスさんがそれで承知してくれると思う？　きっと、僕は怒《おこ》られてしまう。あの人に怒られるのは、けっこうめんどくさいんですよ」

「そうですか」

躊躇《ちゅうちょ》はしなかった。

隣《となり》に立っていたサヴァリスに簡易型複合錬金鋼《シム・アダマンダイト》を抜き打つ。一瞬《いっしゅん》でレイフォンの周囲が衝剄《しょうけい》の余波《よは》で爆発《ばくはつ》した。切っ先から放たれた閃断《せんだん》は空に鋭《するど》い弧《こ》を描《えが》き、やがて消滅《しょうめつ》する。

サヴァリスの姿《すがた》は、ない。

「君なら、きっとそうすると思った」

土煙《つちけむり》の向こうから、サヴァリスの陽気な笑い声が聞こえてきた。

読まれていた。

「まずは確保《かくほ》させてもらうよ。その方が、君はもっと本気になってくれそうだ」

サヴァリスの気配が遠のいていく。

自らが作った土煙から脱出《だっしゅつ》すると、すでに彼の姿は遠くにあり、ランドローラーに乗り込むところだった。

「くそっ!」

レイフォンもすぐに、自分のランドローラーに向かう。

百五十キルメル。

ツェルニに向けての、長い追走劇《げき》が始まる。

†

空間が重く揺らぐ。

その度《たび》に周囲に青い波紋《はもん》が走る。

地面が、揺《ゆ》れる。

「くそっ、冗談《じょうだん》じゃない！」

双鉄鞭《そうてつべん》が生み出す連携《れんけい》に、ディックは舌《した》を巻《ま》いた。

廃貴族によって勁の量が増《ま》したのはわかる。それによって内力系《けい》活勁の濃度《のうど》が増し、それに伴《ともな》って肉体の運動能力《のうりょく》が上がるのもわかる道理だ。

そのことをディックはニーナよりもはるか以前に承知しているのだから。

だが、それだけであり、決して技術《ぎじゅつ》が上がるわけではない。圧倒《あっとう》的な力の差は技術の差を覆《くつがえ》す。だが、同等の力を持つ者同士では、やはり勝負の行方《ゆくえ》は技術の差と経験《けいけん》の差が握《にぎ》ることになる。

その技術で、経験で、ディックはニーナに負けない自負がある。

だというのに、押《お》されている。

（手加減《てかげん》が見抜かれてるか？）

ディックはニーナを殺すつもりはない。そのため、一打一打に緩《ゆる》みがあることは否《いな》めない。

その差か？

（しかし、その程度《ていど》の差で食らいつくかよ）

問題なのは、その事実だ。ディックがあまた駆《か》け抜《ぬ》けた戦いの中で磨《みが》いた技術に、ニーナは食らい付こうとしている。

まるで、強者《つわもの》に挑《いど》むことにかけては、誰《だれ》にも負けないとばかりに。

それが、レイフォンという高い壁《かべ》に挑み続けたニーナだからこその境地《きょうち》だと、ディックにはわかるはずもない。

「だがなっ！」

数十合の打ち合いの果て、ディックは叫んだ。

彼の極太《ごくぶと》の打鞭がニーナの右肩《みぎかた》を打つ。

だが、ニーナは止まらない。腕《うで》に感じた手応《てごた》えに、ディックは舌打《したう》ちを零《こぼ》す。

金剛剄《こんごうけい》。

しかしそれでも、ディックの一撃を受けきれたわけではない。防御《ぼうぎょ》の剄を微《かす》かに貫《つらぬ》いた衝撃《しょうげき》がニーナの右の鉄鞭を取り落とすことに成功した。

それでも、止まらない。

ニーナの左手が素早《すばや》く閃《ひらめ》き、鉄鞭がディックの顔面を狙《ねら》う。

宙《ちゅう》に広がる青い波紋が、かすかに揺らいで拡散《かくさん》した。

ニーナの動きが止まる。

ディックの動きが止まる。

ニーナの左の鉄鞭は、ディックの顔を覆う仮面を打つ前に、止まっていた。

止めているのは、ディックの左手。

素手で、その一撃を受け止めたのだ。

「おれの腕は、そこまで安くねぇ！」

皮膚《ひふ》が破《やぶ》れ、血を噴《ふ》く左手で鉄鞭を握りしめ、強引《ごういん》に引きはがす。鉄鞭を離《はな》すまいとしたニーナの体をそのまま地面に引き倒す。

その時、右手は極太の鉄鞭を振《ふ》り上げ、そしてニーナに振り下ろした。

金剛勁。

ニーナは引かれるままに倒れ、倒れつつ防御の勁を走らせていた。

しかし、ディックはそれをわかっていた。

活剄衝剄混合《こんごう》変化、雷霆《らいてい》。

至近《しきん》での一撃を想定した雷迅《らいじん》の変化形はニーナの金剛勁を打ち破《やぶ》り、その腹《はら》に鉄鞭を埋めた。

「がはっ」

仮面の奥《おく》でそんな声が零《こぼ》れ、ニーナが動かなくなる。

その顔から仮面が剝《は》がれ落ちる。

気絶《きぜつ》したニーナの顔がそこにあった。

「まったく……手間をかけさせる」

そう呟《つぶや》き、ディックが仮面を拾おうとした。

が、仮面はその手をすり抜ける。

「な？」

まるで生き物のように宙を滑《すべ》る仮面に、ディックは茫然《ぼうぜん》とした。

そして、その仮面の先にあるものに、仮面を手にした者に、ディックは啞然《あぜん》とする。

「おいおい……」

そこにいる人物に、ディックは言葉を失いそうになった。

ツェルニに強引に流される前、それよりもはるか以前、ディックはこの人物ともう一度会うために、グレンダンに潜入《せんにゅう》したのだ。

だというのに……

「おい、どうしてここにいる？」

ディックの呼《よ》びかけに、その人物は答えない。

その人物。喪服《もふく》にも似《に》た黒一色の少女。

黒き少女はただ沈黙《ちんもく》を保《たも》ち……

……そして消えた。

†

グレンダン王宮、空中庭園にその姿《すがた》はあった。

両手を前で組み、人差し指を突《つ》き出した形にしている。銃《じゅう》のつもりだろうか。

いまはそれを顔の前にやり、それっぽく息を吹きかけていたりする。

「大命中〜〜〜〜〜♪」

とても、とてもとても上機嫌《じょうきげん》に、王宮《おうきゅう》の主、アルシェイラは言い放った。

「すいません、見えません」

その背後《はいご》に控《ひか》えたカナリスは踊《おど》り出しそうな主の対極に位置して、冷静そのものだ。

彼女の首には、いまだ消えぬ痕《あと》を隠《かく》すためにスカーフが巻《ま》かれている。

だが、そんなことを、痕を付けた張本人《ちょうほんにん》は気にしていない。

「ああ、まっ、別にそれはいいのよ。邪魔《じゃま》な石を取っ払《ぱら》った感じ？　そんなもんだから。

そ・れ・よ・り・も！　その向こうよその向こう！　あれに見える旗。ああ、覚えといて損《そん》はなかった。素敵《すてき》！　素敵すぎる劇的《げきてき》な再会《さいかい》！　いまわたしは、まさに囚《とら》われの姫《ひめ》を救う白馬の騎士《きし》！」

「いえ、女王ですから。それよりも、汚染獣《おせんじゅう》が見えませんのに、そのさらに向こうにあるものが私に見えるとでも？」

しかしやはり、アルシェイラはそんなカナリスの言葉は聞いていない。

「待っててね、リーリン、いま行くからね♪」

女王の楽しげな声に、カナリスはため息を吐《つ》くことしかできなかった。

グレンダンは進む。

ツェルニに向けて、まっすぐに。

# アトが書いた、略してあとがき

うん、思いついて即くだらなさに気付いたのにそのままにしておこうと思う自分は死ねばいいと思う。雨木《あまぎ》シュウスケです。死なないけど。二行稼《かせ》げたので。

【雑談《ざつだん》】（ついに言い切った！）

なにげに怪談《かいだん》話募集《ぼしゅう》期間の最後に出る巻になってるよ。新刊が出るごとに奇特《きとく》な方たちが思い出したように怪談を恵《めぐ》んでくださります。つまり怖い話が読みたければ早く新刊を上げろということですね。ちっ、読者の方がおれの操《あやつ》り方をよく知ってやがるぜ。

しかし、一応二〇〇八年七月と銘打《めいう》ったのですがきりが悪いので次巻（九月予定）までとしときます。ていうか、怪談そのものは常時《じょうじ》募集しますので奇特な方は遠慮《えんりょ》なく送ってください。

で、賞品をちと変更《へんこう》しようと思います。現状、そんなにたくさんの人に送っていただけているわけではないので。最優秀賞（レギオス絵葉書《えはがき》セット一名）を優秀賞に。佳作はそのまま。

で、最優秀賞ですが。

『鋼殻《こうかく》のレギオス』ショートショートの登場人物決定権。

簡単《かんたん》に言うと、原稿用紙十〜三十枚くらいの話の登場人物決定権。こいつとこいつを出したらどういう現象《げんしょう》が起きるのか、本編に関係ないところでこの二人はどんな会話をしてるのだろうとかいうのを読みたいっていう願望を叩《たた》きつけられる賞品。キャラは二名まで、ある程度のシチュエーションの希望は聞きますが、叶《かな》えられるかどうかは不明です。エロは禁止《きんし》。

発表場所等諸々《もろもろ》は次巻までに決めたいと思います。

……担当《たんとう》さんになにも言ってないのにこんなこと書くのはどうなんだろうね？

いや、これを皆《みな》さんが読んでいるということは結果的にオーケーだったということなんですけど。


【怪談】

いつも通りその一、苦手な人は読み飛ばしてください。いつも通りその二、投稿《とうこう》されたものはこちらで編集、改編《かいへん》がされております。

『Kさんの話』投稿者　満月さん

これは知り合いが実際《じっさい》に体験されたことです。

知人のKさんは、道向かいのお米屋さんの奥《おく》さんとたいそう仲良《なかよ》くされていました。内気で引っ込み思案《じあん》なお米屋さんの奥さんは、同時期に他県から嫁《とつ》いできたこともあって、初《はじ》めての場所に行くときは必ずKさんに一緒《いっしょ》に行ってもらうほど、閉鎖《へいさ》的な地域社会に馴染《なじ》むのにKさんを頼《たよ》りにしていたそうです。

しかし、まもなくしてお米屋さんの奥さんは癌《がん》が判明《はんめい》し、入院を余儀《よぎ》なくされます。そして彼女の闘病《とうびょう》生活が続いて数ヶ月目のある日、Kさんが夕方近所を歩いていたら、後ろから声をかけられたのです。

それが懐《なつ》かしいお米屋さんの奥さんの声だったので、友人の回復に喜《よろこ》びをあらわそうとしたのですが、彼女は暗い表情のまま、とんでもないことを口走《くちばし》ったのです。

「Kさん、私これから初めての場所に行かないといけないの。一緒に行ってくれるよね……？」

と、手を差し伸べてきます。Kさんは、これは「違《ちが》う」と、決してこの手をとってはいけないのだと直感して、彼女の差し伸べる手を振り払うようにして、パニックのままに走り出したのです。

しかし、病み上《や》がりであるはずの彼女が追いかけてくるのがわかりました。Kさんは必死に走り、近くの神社の境内《けいだい》に逃げ込むと、彼女の気配は鳥居《とりい》のところでふっつりと消えてしまったそうです。

その後帰宅してお米屋さんに電話で様子を聞いてみると、ご家族の方が、彼女がつい先ほど亡《な》くなったことを教えてくれました。

あの手を振り払わなければ良かったのかという後悔《こうかい》と、連れて行かれなくて良かったという複雑《ふくざつ》な安心感の中、家族の夕食の支度《したく》をし始めると、昨日までは全然問題のなかったお米に、いっせいに虫がわいていたそうです。

それはもちろん、彼女のおうちで買ったお米でした。

【雑談その二】（なぜにそんなに怪談好きなのか？）

わからん！

いや、嘘《うそ》です。小さな頃《ころ》は妖怪《ようかい》人間のＯＰが流れだしたとたんに物陰《ものかげ》に隠《かく》れるような子だったのに。まぁ、隠れる前にテレビ消せよって話だし、消さなかったんだから結局はその時からその手のものが好きだったってことですが。

まぁ、なんていうか暗闇《くらやみ》って怖《こわ》いよね？

深夜にふと起きて、トイレとかでベッドから出ないといけなくて、明かりのついてない廊下《ろうか》とか進まないといけない時とか。

当たり前に見ている光景がいつもよりちょっと違う時って、なんか怖くないですか？

暗いっていうことは見えてないってことで、そこになにがあるかは思い出せばすぐに出てくるんだけど、もしかしたらその暗い中になにか、自分の記憶《きおく》とは違うものがあるかもしれない。情報の更新《こうしん》をしたいんだけど、暗くてわからないからできない。変化があったとしても、あるはずがないんだけど、あったりしてもわからない。

もしかしたらそこに、誰《だれ》かいるかもしれない。もしかしたらそれは家人《かじん》じゃなくて違う人、しかし家の中なんだからそんな簡単に他人が入ってこられるはずがない。

じゃあ、幽霊《ゆうれい》？

なんか、そんな感じが好きなんだと思います。廃《はい》病院とかの話も、そこに生きてる人間がいるはずがないんだけど……みたいな感じでしょうね。そういう廃墟探訪《はいきょたんぼう》はしたことないですけど。

まぁ、最近では幽霊より生きてる人間の方が怖くね？　という世知辛《せちがら》い世の中ですが。

【雑談その三】（少しは本編内の話を）
詳《くわ》しくは最後の次回予告でわかりますが、今回は諸《しょ》事情でいつもよりも濃密《のうみつ》な感じに書いています。まぁ書いた上でアレなわけですが、色つきタイトルエピソードの盛《も》り上がり部分にやってきたと思ってください。こっからはばばっと進むと思う。二巻……三巻……それぐらいで！（おい）

【ギリギリまで忘れていた】
アニメ企画が進行しています。現段階で公表できるものはなにもないので、みなさまにはもう少しお待ちをって感じなのが申し訳ないですが。雨木自身《じしん》も早く動くあいつらを見たかとですよ。特にアクションシーン。

【次回予告】（九月予定）
やっとです。六巻読んで首を傾《かし》げていた方々、それなのに今巻まで付き合ってくれている方々、やっとドラマガに掲載《けいさい》したあの話が本になります。
ほんま、すまんかった。

なんと、今回はすでに書き下ろしも上げてるぜ、あとは校正《こうせい》さん待ちだぜ。
ということはつまり、この巻の続きはもうちょっと後だということだぜ。
ほんま、すんません。あんな感じで終わっといてとか、いや、ちょっと、物は投げないでください！

というわけで次回、鋼殻のレギオスX　コンプレックス・デイズ
お楽しみに！

こんな自分に付き合ってくださるみなさんに感謝《かんしゃ》感謝大感謝！

雨木シュウスケ

富士見ファンタジア文庫

鋼殻《こうかく》のレギオスIX
ブルー・マズルカ
平成20年6月25日　初版発行
平成20年10月30日　五版発行
著者――雨木《あまぎしゅうすけ》シュウスケ
発行者――山下直久
発行所――富士見書房
〒102-8144
東京都千代田区富士見1-12-14
http://www.fujimishobo.co.jp
電話　営業　03(3238)8702
　　　編集　03(3238)8585
印刷所――旭印刷
製本所――本間製本

ISBN978-4-8291-3300-2 C0193

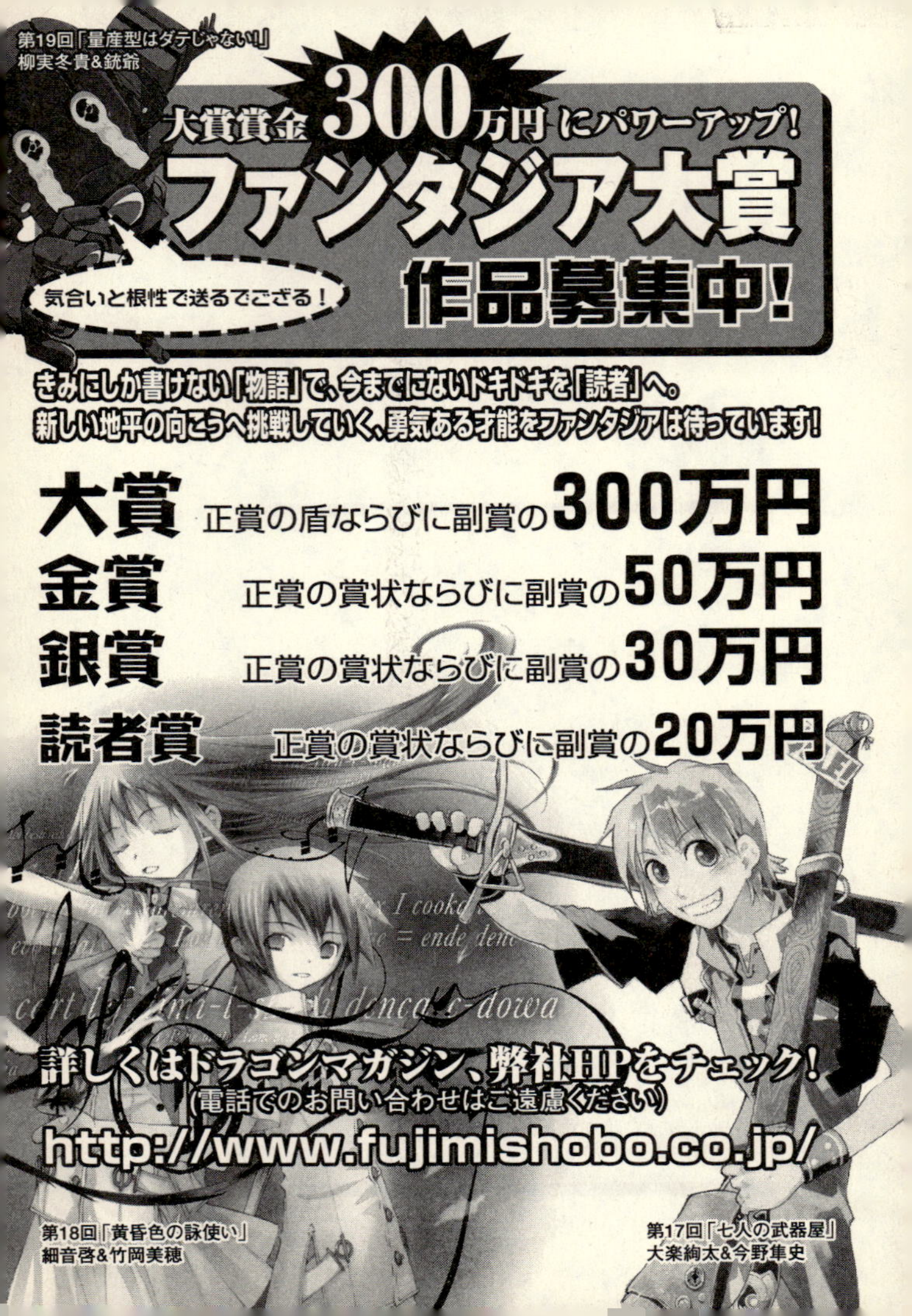
第19回「量産型はダテじゃない!」
柳実冬貴&銃爺
大賞賞金300万円にパワーアップ!
ファンタジア大賞
作品募集中!
気合いと根性で送るでござる!
きみにしか書けない「物語」で、今までにないドキドキを「読者」へ。
新しい地平の向こうへ挑戦していく、勇気ある才能をファンタジアは待っています!
大賞　正賞の盾ならびに副賞の300万円
金賞　正賞の賞状ならびに副賞の50万円
銀賞　正賞の賞状ならびに副賞の30万円
読者賞　正賞の賞状ならびに副賞の20万円
詳しくはドラゴンマガジン、弊社HPをチェック!
(電話でのお問い合わせはご遠慮ください)
http://www.fujimishobo.co.jp/
第18回「黄昏色の詠使い」
細音啓&竹岡美穂
第17回「七人の武器屋」
大楽絢太&今野隼史